ENCONTRO EM TOKIO

ANE FORCATO

ENCONTRO EM TOKIO

VOL. 2

EM BUSCA
DE SENTIDO.

partners coerência

DIREÇÃO EDITORIAL
Lilian Vaccaro

COORDENAÇÃO EDITORIAL
Bianca Gulim

ASSISTÊNCIA EDITORIAL
Jadna Alana

PREPARAÇÃO
Raquel Escobar

REVISÃO
Bianca Gulim

PRODUÇÃO GRÁFICA
Giovanna Vaccaro

CAPA
Henrique Morais

DIAGRAMAÇÃO
Michael Vasconcelos

DADOS INTERNACIONAIS DE CATALOGAÇÃO NA PUBLICAÇÃO (CIP)

Forcato, Ane.
Encontro em Tokio / Ane Forcato. – 1ª edição – São Paulo: Coerência, 2021

ISBN: 978-65-89850-06-9

1. Ficção brasileira 2. Romance 3. Drama I. Título

CDD: 869.3

Grupo Editorial coerência

partners coerência

Rua Coronel Leme, 43
Centro | Bragança Paulista | SP
12.900-340
www.editoracoerencia.com.br

Para Marina

AGRADECIMENTOS

HD 4K 25FPS 99%

MENU

00:00:20:05

Sinto-me profundamente grata a Deus por ter me dado o dom de desenhar sons.

Agradeço às minhas leitoras betas pelo incentivo na decisão de seguir adiante neste projeto.

Minha gratidão a Elisangela Meira pela leitura crítica e revisão.

PRÓLOGO

Enquanto os amigos Suiroshi Takeda e Ken Hayashi desfrutam de sua amizade sincera na manhã ensolarada em Chiba, no coração fervilhante de Tóquio, Emi Lins faz uma caminhada de pouco mais de meia hora, até chegar ao Ginásio de Esportes em que muitas competições individuais e por equipe de ginástica estão para começar. Ela mal acredita que poderá ver aqueles atletas em ação após quatro anos e tantos percalços.

Emi enche os pulmões, vitoriosa: ela chegou à capital japonesa para acompanhar as olimpíadas poucos dias atrás, portanto a euforia por estar ali ainda a assalta, quando pode jurar que até o cheiro do ar é diferente na Terra do Sol Nascente. Ela ainda não fez amigos, não sabe se vai acontecer, mas isso não importa muito, pois está entregue aos esportes e ao Japão, e é o bastante.

Entra no ginásio e se junta aos fãs ruidosos que incentivam seus ídolos. Eles, por sua vez, cumprimentam a plateia para em seguida se desligar do mundo exterior e focalizar exclusivamente nos aparelhos que lhes arrancam tudo na busca pelo melhor desempenho. É a doação total.

Emi se lembra do treinador da academia lhe dizendo, certa vez, que atletas de alto desempenho não têm nenhuma qualidade de vida. Eles são tão fortes. Difícil pensar que possam não ter uma vida. Mas eles não têm. Sua disciplina é um cárcere autoimposto que muitos não poderiam sequer compreender. Por mais apaixonados que sejam pelo esporte, os constantes tratamentos e cirurgias, assim como as aposentadorias precoces denunciam que sua luta pela excelência vai além do humanamente razoável.

Contagiada, Emi os celebra como sobre-humanos. É uma espécie de arena e são gladiadores, ou uma espécie de Olimpo, e eles, semideuses. Sangram, derramam lágrimas de dor, estouram tendões e rasgam músculos, e a plateia delirante ovaciona, em êxtase.

É cruel, mas tão lindo.

Perdida na multidão, sem nem sonhar com a existência de alguém em Chiba chamado Suiroshi Takeda, Emi já se sente a pessoa mais sortuda do mundo. Apaixonada pelo Japão, sente que nada pode dar errado nessa viagem a Tóquio.

O Japão sedia as Olimpíadas deste ano. Emi viajou de São Paulo para ver isso de perto, assim como não perdera as Olimpíadas do Rio 2016. Ela se torna essa torcedora voraz a cada quadriênio, e não poupa nada de si: coloca nas arquibancadas toda sua energia, e nas bilheterias, todo seu dinheiro, até nada restar a não ser um corpo exaurido pedindo para dormir. Então, ela se arrasta de volta ao seu quarto de hotel limpo e impessoal e se atira na cama, com os ouvidos zunindo, dor de garganta e uma sensação plena. Ela se sente confiante. Sabe que esta é a segunda de muitas Olimpíadas que acompanhará pessoalmente na vida. E agora ela pode se dar ao luxo de estar em Tóquio! Porque é livre e dona do seu nariz.

Que é bem bonitinho, diga-se de passagem.

Enquanto isso, em Chiba, os dois amigos também aproveitam o fim de semana, sem nem passar por suas cabeças que em Tóquio acontecem os jogos olímpicos. Eles estão mais perto da cultura *nerd*, com seus *animes* e *mangás*, e pretendem passar o fim de semana jogando videogame e assistindo a seriados.

1

— E eis que o reino do anticristo é chegado.

Suiroshi reverbera, obscuro, com seu vozeirão, pegando Ken tão de surpresa que, com a boca cheia de um bom gole de café, engasga-se e espirra a bebida escura por todo lado. As gotas de café se espalham pelo teclado do computador e ele se apressa a encontrar guardanapos limpos, junto às sobras do café da manhã, para secar tudo antes que penetre nos vãos das teclas, pois não basta secar com o papel absorvente.

Olha, exasperado, para Suiroshi, ali, parado feito um poste à sua frente e apreciando seu desespero.

— *Takeda Suiroshi!* Corre e me vê um pano úmido. O café vai estragar meu teclado!

Suiroshi não está rindo, e olhe que a cena é das melhores. Molha um guardanapo na pia com lentidão irritante, torce-o meticulosamente e o arremessa para o amigo, que passa a esfregar tudo com vigor exagerado. Tem pingos pretos escorrendo até da tela.

— Seu filho de uma puta, me fez cuspir em tudo!

Sem aviso, um soco voa em sua direção, quase o jogando ao chão. Ele se agarra na beira do console, depois fica meio emborcado, massageando o local onde o golpe seco de Suiroshi atingiu. Eles felizmente sempre se socam no ombro, ou viveriam de cara roxa. Já estão tão habituados com esses murros que não raro se socam em público, o que atrai olhares perplexos.

— Desculpa — Ken fala por fim, como o olhar baixo e uma cara cínica que desmente a pretensa sinceridade.

Suiroshi socaria qualquer pessoa no planeta que ousasse xingar sua mãe, porque ela é honrada demais para ser sequer mencionada por qualquer boca suja. Sua mãe e tantas outras mulheres. Ele é fã de mulheres, admira-as, e as curte muito para ficar *de boa* com alguém as xingando. Se isso é estranho, então ele assume a esquisitice. Tem fascinação pelas mulheres, ponto-final.

Ken solta uma risada, mesmo não estando humorado. É que a cara indignada de Suiroshi é impagável.

— E antes de mais nada, foda-se essa merda de reino do anticristo. Eu que devia estar te socando bem no meio dessa sua cara, Takeda Suiroshi.

— Ken, eu não quero mais falar nisso. Estou esgotado, e não são nem dez da manhã.

— Foi você que começou! E daí que é o anticristo? Mudaria alguma coisa se fosse o Walt Disney?

— Então você admite, Hayashi-sama?

Suiroshi usa o sufixo honorífico de forma irônica. Seu amigo sempre faz a mesma coisa. Só alguém muito desatento acharia que estão se tratando com o devido respeito.

— Eu não sou ingênuo, Suiroshi. Sinto essas mesmas coisas pairando no ar. Eu apenas tenho a sorte de elas não me machucarem. Tem coisa no ar, e não é só a gripe. Tem coisa muito mais barra pesada pairando no mundo: as liberdades estão desaparecendo, as portas se fechando. E a gente não se torna mestre em reiki para continuar alheio ao mundo espiritual e energético, que está se esfacelando acima de nós. E dentro de nós.

— Queria nunca ter aberto os receptores. Que droga fomos fazer — fala Suiroshi, rouco, e estremece em uma reação de repugnância evidente.

No último ano ele vem desenvolvendo hipersensibilidade eletromagnética, e com as técnicas de reiki as dores foram potencializadas como se ele fosse uma antena gigante, captando estática.

Ele eleva a voz:

— Caí na sua conversa de fazer essa porcaria para curar os animais do abrigo e você tinha razão, nós fizemos a diferença por lá. Que bons moços e boas intenções...

— Eu sei. O inferno está cheio. E é para lá que vamos, apenas não há nenhuma pressa. E neste momento, o meu inferno é melhor do que o seu. Então, dane-se você.

Ken faz um gesto demonstrativo que só pode ser interpretado por Suiroshi, já que convivem diariamente e, como todo mundo que está sempre junto, desenvolveram códigos muito peculiares de comunicação não verbal. Suiroshi ignora o insulto de o inferno oriental ser melhor que o ocidental, afinal ele nem sabe a qual dos dois será enviado, e atravessa a sala de pouca mobília e proporções médias em conceito aberto.

O rapaz pega na mochila um livro e se senta na poltrona perto da janela, que recebe luz natural. Abre o livro e finge interesse, sem ler uma só palavra. Ken o vê entretido na leitura, acaba de limpar os escorridos de café e faz uma bola com o guardanapo sujo, arremessando-o de volta à pia, onde colide com alguns copos e tudo tilinta.

— Não vou xingar sua mãe de novo. Mas *você* pode ir à merda, Suiroshi — ele fala sorrindo, e, mesmo que finja não ter ouvido, os lábios de Suiroshi se erguem nos cantos, porque não adianta brigar com Ken.

São amigos desde a primeira vez que se encontraram, em uma dinâmica da empresa na admissão de Suiroshi, dois anos antes. Eles não contam o tempo, ambos sentem que sua proximidade poderia vir de antes. Parece amizade de garotos, daquelas muito raras, que atravessam colégio e faculdade e não se perdem.

Distraído, Suiroshi aperta a nuca com os dedos longos e elegantes. *Um conjunto de Pequenos forma um Grande.* Achou bem significativo o livro com esse título, ficou hipnotizado pela foto da capa, em que carpas aquareladas nadam numa imagem em 3D. Comprou o livro, empolgado. Agora está achando a leitura filosófica um belo porre. Mas o título mora em sua cabeça como se fosse uma filosofia útil para explicar sua vida: *pequenas perdas formam uma grande perda*. Como agora, neste sábado quente e desconfortável.

O verão está castigando este ano. A cada verão ele reclama. Mas é tudo igual. Não houve até agora nenhum dia de temperaturas mais elevadas do que as registradas nos anos anteriores. É sempre no verão que os alarmistas climáticos se esbaldam, utilizando-se do desconforto natural de todos para falar que é o fim do planeta pela ação dos peidos *alheios*. Claro. Eco-alarmista não peida. Quem peida é a vaca e provavelmente a criança, portanto as pessoas deviam ser veganas e estéreis para salvar o planeta.

Salvar?

Suiroshi fica olhando para o bonito livro japonês que não trata de assuntos nem flatulentos e nem de salvação pela despovoação. É ainda mais chato. Sua mente ocidental tenta interpretar da esquerda para a direita sobre a página, e sua mente oriental vai pelo lado certo. Atualmente, sente-se japonês em tamanha profundidade que já lhe passou pela cabeça se será capaz de viver em outro lugar. Isso ele está prestes a descobrir, e sente um oco na barriga, o oco de quando o carrinho da montanha-russa chega no ponto mais alto e está a um segundo de ser arremessado em queda livre trilho abaixo. Pensando bem, ele sente a urgência de sair do Japão e fugir, literalmente, da fonte de suas dores crônicas.

Na verdade, o que ele tem não deve ser uma doença, e tem se mostrado uma condição que médicos não podem tratar. Ou ninguém se importa, já que tão poucas pessoas sentem isso que nem existe porcentagem em estatística. Ele vai se virando com analgésicos quando a dor se intensifica. Está se tornando um homem sério. Não quer ficar mal-humorado e rabugento antes da hora.

A dor às vezes o transforma.

Dormiu ali no sofá de Ken e pela manhã estava mais disposto do que quando dorme em casa. Sempre que isso acontece, diz a si mesmo que precisa demais de uma cama nova, pois tudo é muito velho em seu apartamento alugado. "Mas a mobília pode esperar", o senhorio sempre desconversa. Não sabe se uma cama melhor poderia ajudar no seu caso, onde uma estação tecnológica de computadores e processadores toma o apartamento minúsculo e o criva com suas emanações constantes. Agora, no verão, pelo menos o ar refrigerado é bem refrescante. Mas viver na geladeira ao lado de processadores é uma experiência que poucos poderiam chamar de *morar*.

Desde quando perdeu, nesse nível, o controle de sua própria casa?

Suiroshi está com raiva. Tanta raiva que sente o estômago tremer dentro da barriga, formando uma sensação que ondula, quase desesperada. E não pode fazer nada. Ken Hayashi vendeu o que tinha: sua alma. Acabou-se.

— Você prometeu que ia comigo à minha casa, Ken — fala alto, de repente.

— Ainda pode ser que dê certo, Suiroshi. Não desisti da viagem. Vai depender da agenda.

Alguns dias é o que ele tem para a viagem, e Ken dependendo de agendas. Ambos sabem que uma viagem internacional desse porte não se resolve em um dia. Suiroshi olha para o amigo por sobre o livro por um instante. O olhar brilhante de Ken o contempla com atenção.

— Eu bem que quero ir. Você sabe que eu te adoro. Faço o que for possível para adiar o nosso adeus, Suiroshi-sama.

— Eu sei. Também *me* adoro. Dizer adeus para mim vai te destroçar, seu trouxa.

Suiroshi fecha o livro e o arremessa de forma certeira em Ken, mal lhe dando tempo para se defender.

Eles se comportam como adolescentes enquanto em público tentam não ser idiotas. Nem sempre dá certo.

Terão a vida inteira para ser chatos e sérios, depois de se despedir. Quando dizerem o adeus, será como a segunda saída de casa, pois conseguem manter algo parecido com o lar brincando. Ambos sentem esse frio na barriga de saber que, ao tomarem rumos diferentes, seu último refúgio de garotos será parte do passado e ser adultos é o que vai restar.

Crescer e dizer adeus nunca parece uma boa ideia para amantes de jogos, que, por suas preferências de lazer, têm a cada dia menos amigos. Suiroshi se pega pensando se todo mundo precisa mesmo dizer adeus, crescer, sair do casulo, abrir as asas e voar para o abismo incerto.

2

Só depois de se curar do porre da sua festa de aniversário, na manhã seguinte no sofá de Ken, Suiroshi percebe que varar horas de alegria vazia em bares não está mais o ajudando a esquecer que está ficando sem nada. Olha para fora, recostado no vidro da janela, a cabeça despenteada latejando levemente. Suiroshi é jovem demais para se importar. Quando se é jovem, é só começar tudo de novo. Contudo, é como se estivesse acontecendo o desligamento do emaranhado de fios invisíveis que seguram a estrutura da vida. Cada fio, como uma fibra ótica, deixa passar um fluxo contínuo de informação, e a cada fibra rompida os dados interrompidos trazem pontos cegos.

Qual a relevância de sua vida? Para onde vai e o que está construindo? E de onde vem essa urgência sobrenatural de construir alguma coisa? Crise de aniversário? Crise de desemprego? Crise de estar perdendo o melhor amigo e, longe dele, precisar ser adulto? Ou tudo ao mesmo tempo? Sem contar a dor de nevralgia que lhe assalta os ossos às vezes, e ele sabe que é uma reação de recusa de seu corpo, que não aguenta mais e precisa urgentemente de grama, de árvore, e de distância de tudo que é tela luminosa.

Ele é um dos estranhos seres cujo corpo dói com a tecnologia. E muitos pensam que não é real. Como alguém pode doer ao ser crivado por *wi-fi* por todos os lados? Ken lhe diz que pode ser uma reação puramente psicológica de aversão ao que não pode mudar.

— Algumas pessoas não querem enfrentar o que não podem recusar — disse Ken certa vez, explicando-lhe por que sentia a dor *imaginária*. – Não ter o controle nas mãos é um desafio de aceitação no qual muitas falham.

Suiroshi lhe respondeu que estava errado. A dor é real, e imaginário é o cacete. Ele não pensou que seria tão complicado. A vida devia ser mais leve. Ele não é nada e o mundo não liga a mínima, então porque não o deixam em paz, simplesmente? Ele só não quer ter que admitir que vive um dia após o outro sem nenhum destino. Se ele não tiver um destino traçado e nada acontecer na sua vida de forma irrefreável para mudar tudo de repente, ficará frustrado.

Por favor, vida, aconteça! Por favor, Pai, aconteça na minha vida!

Ele sempre faz uma prece e fica à espera de resposta.

Apesar de também ser reikiano, Ken é materialista de forma plena e fez uma escolha bastante séria nesse ínterim.

Por mais que tente, Suiroshi não consegue deixar de lado o quanto está frustrado com isso também. E mal consegue colocar em palavras o que sente. Tudo sempre foi tão injusto! Mas há em seu peito uma crença inabalável na inexorabilidade. O que tiver de ser, será no fim.

– Você tem certeza, Ken?

– Tenho – responde Ken imediatamente, sem drama algum.

Nem parecem estar falando da mesma coisa. Talvez não estejam. Mas em seguida Ken fala baixo, como se pudesse ouvir seus pensamentos:

– Quem sente dor é só você. Não me encha mais o saco com isso.

Não existe amizade que dure a vida toda. A própria vida dá um jeito de acabar com tudo que está confortável.

E como se estivesse ouvindo seus pensamentos de novo, Ken fala novamente, sem humor desta vez, e sua voz vai se elevando:

– Essa merda toda pode estar muito confortável para você, Suiroshi Takeda. Saiu da empresa, recebeu um bom dinheiro, vai voltar para casa, onde tem pai, mãe, irmã caçula que é sua fã. Para mim, chega. Achei um caminho que pode ter um metro, ou pode ser uma rodovia infinita. Quem sabe? Eu não sou um resmungão. Levo a vida numa boa, por isso ninguém entende que eu estou muito cansado. Parece que eu sou feliz assim. — Ao final, está prestes a gritar: — Mas acontece que eu não sou!

Suiroshi fica calado, olhando para o azul do céu de verão e o sol fritando a tudo lá fora, feito uma maldição. Lembra-se do boné pendurado ao lado da porta. Vai precisar dele.

Moram em bairros vizinhos, é uma caminhada de quase meia hora até seu apartamento. Suspira e aperta a nuca com os dedos. Como pôde ter vindo passar o fim de semana para jogar e esquecido parte do equipamento? Agora precisa ir buscar. Debaixo desse sol.

Foi seu aniversário. Estava mais preocupado com a festa dos quatro, cantando e bebendo. Paciência. Não tem jeito, então é melhor ir logo.

Para Suiroshi, ser independente não é o bastante: é só o estritamente necessário, algo que ele já conquistou tantos anos atrás que hoje não pode mais ser contado como conquista. E ele quer mais. Não é o momento para ter uma vida sem desafio. E como se miraculosamente o universo ouvisse sua reclamação, eis que agora surge a sua adversidade: divirta-se.

Ele já está desligado de suas funções. Eufemismo para *pé na bunda*. Ele não fez nada errado. É apenas uma renovação de pessoal, e ele recebeu todos os direitos e prêmios proporcionais ao número de meses trabalhados no ano.

Agora ele só precisa de um novo norte, uma direção a perseguir. Esta é a palavra certa: "perseguir"! Ele necessita de algo extraordinário que o desperte como despertaria um grande predador. E ele vai sozinho. Ken não vai com ele, não adianta ficar nessa lenga-lenga de "talvez", "quem sabe?".

Espreguiça o corpo longilíneo e apanha o celular. Faz uma rápida busca de fotos da noite anterior, dos colegas sorridentes com os copos na mão. Sua festa de vinte e seis anos. Posta uma foto despretensiosa no Instagram. Sorriem na penumbra Ken, Kimiko, Yoko e ele. Muitas vezes parecem dois casais, mas até onde sabe nunca rolou nada entre nenhum deles. E Suiroshi tem namorada. E ela não foi no seu karaokê de aniversário. E eles quase já não são mais namorados, ou seja lá o que for que os une, e que está desmoronando feito um castelo de cartas já faz algum tempo.

Alguns hábitos nunca mudam. Faz anos que não é mais o queridinho da mídia, mas as curtidas em redes sociais ainda são altas, não falta engajamento de fãs para sua fotografia. Isso o motiva. Se há algo que ama na vida é fotografar. Faz trabalhos *freelances* quando surgem, sem escolher o tema. Debutantes e gatos, modelos e festas universitárias. Agora demitido da empresa, talvez se dedique à fotografia e viva disso. E de oferecer reiki para animais e plantas.

Todo mundo, para ser feliz, precisa ter um trabalho e uma vocação. Uma coisa para alimentar o corpo, e a outra para alimentar o espírito.

Não importa que caminhos Suiroshi tome na vida, dizem que ele tem alma de artista e isso nunca se perde. A paciência para construir algo com persistência e a busca pela perfeição. Se isso for arte, então sim, ele é artista. Passou pelas telas de TV, pelas passarelas e revistas, e agora se esconde por trás das objetivas.

Desde menino, o pai exigiu dele o mínimo para ser um homem de verdade e orgulhar a família, e isso passava pela indústria, um sonho do velho, que ele próprio nunca pôde concretizar, como imigrante não pobre, mas com escolaridade insuficiente. Agora Suiroshi tem um diploma e dois anos de experiência na área de TI de uma multinacional. Amou a experiência porque foi algo concreto, de resultado visível e com salário certo para as contas do mês. E seu pai está orgulhoso. Se não fosse mandado embora, talvez nunca saísse dali, do lado de Ken Hayashi, as colegas divertidas e a equipe competente. E agora é o momento de ver se o mundo poderá alimentá-lo e lhe dar abrigo em troca de suas fotos.

Sente um frio na barriga só de pensar em não ter dinheiro para morar e comer, em meses sem eventos. E cobrar pelo reiki não entra em sua cabeça, porque recebeu toda a prática gratuitamente em um estágio em um templo longínquo, uma das maiores extravagâncias que já fez e da qual se lembra como se fosse a cena de um filme. Para ele, é uma forma de oração.

É nesse sentido que ele difere tanto de Ken. Para Suiroshi, a espiritualidade é maior que a vida na matéria. Sendo ao mesmo tempo ocidental e oriental, ele assimila e sente profundamente as duas espiritualidades, ainda que não professe uma religião. E Ken vê nisso tudo uma grande bobagem.

E assim Suiroshi rema contra a *fama* enquanto deseja o *sucesso*, duas instâncias tão diferentes da vida. E é só mais um desempregado jovem sem perspectivas, rezando e arrumando as malas.

Volta a falar com Ken para aliviar a tensão no ar, e se senta ao seu lado, aceitando o segundo controle do jogo.

— Fui feliz escondido na fábrica. Sou de bastidores. Por isso vou ser feliz fotografando.

— Besteira! Muitos morrem tentando atrair, e não disparar um flash — diz Ken enquanto jogam uma partida rápida, observando se o chafariz de café não danificou nada. Eles mantêm os olhos grudados na tela, os dedos hábeis nos controles do jogo. — Você é bonito demais para encarnar o Peter Parker e se esconder atrás da câmera.

— Eu sou bonito *demais*?

— Pois é. Você é lindo que dá nojo.

— Nunca causei vômitos.

— Na sua mãe. Na gravidez.

— Se falar da minha mãe de novo, eu vou arrebentar a sua cara.

O amigo ri um pouco.

— Vamos ser sinceros. E você tem esse humor e a desenvoltura.

— Você também é assim, Ken. Bonito, desenvolto.

Ken acaba um cigarro e segundos depois já acende outro.

— Você sabe dançar, Suiroshi. É essa coisa artística que você tem. Com isso eu não posso competir.

Suiroshi se cala, assunto encerrado. Realmente dança muito bem. E Ken nunca será um dançarino. Então Suiroshi apenas se concentra no jogo, porque vai perdendo de lavada. Tem mesmo que ir buscar o equipamento extra.

Ken dá uma risada sincera, sem recalque. É um rapaz muito resolvido no tocante às próprias limitações e não poder dançar é algo que não o abala.

Ele alfineta o amigo mais uma vez:

— Você devia voltar a viver da mídia. Devia usar isso.

— Usar isso? Eu seria arrogante e seria ridículo.

— Nunca subiria à sua cabeça, meu amigo. Eu te conheci quando tinha acabado de sair da TV. Já era como é hoje, sem chilique de artista. Isso nunca te contaminaria.

Ken tamborila sobre o tampo do console assim que vence a partida, enquanto Suiroshi resmunga e larga o controle obsoleto dramaticamente em um movimento de rendição.

— Porcaria de equipamento. Vou buscar o meu agora mesmo — diz, esticando as costas. — Eu não me arrependo dos anos na fábrica. Esse tempo me ensinou muito sobre a vida. Meu pai estava certo. Na TV, não tive amigos bons como na empresa. Não queria ser artista e viver uma fantasia na tal da bolha que falam. Viver na bolha é pra doentes.

Suiroshi acaba de proferir essas palavras e não sabe de onde vem o soco que o arranca da cadeira. Com as longas pernas para o ar, ele fica no chão, saboreando o fel de suas próprias palavras. Não pede desculpas porque não tem como se desculpar por isso.

Viver na bolha é pra doentes.

Suiroshi se lembra do último fim de semana que Ken passou jogando em seu apartamento. Era mais comum estarem ali no apartamento de Ken do que ele querer ir à casa dos amigos, pela acessibilidade. Para recebê-lo no pequeno apartamento de Suiroshi, dois colegas da empresa foram com eles até lá, e enquanto Suiroshi levava a cadeira de rodas, os dois levaram Ken pelos três lances de escada acima. Na segunda-feira pela manhã, eles passaram por lá para fazer o trajeto inverso, escadas abaixo.

O apartamento térreo e funcional de Ken o ajuda a ter autonomia e ele geralmente não pernoita em lugares não adaptados. Contudo, a famosa estação de jogos de Suiroshi o seduziu e ele repete a visita de vez em quando.

Viver na bolha é pra doentes.

Sim, mereceu esse soco bem dado.

Suiroshi respira fundo e volta a pensar em sua viagem. Na véspera, fez uma busca de documentos na pasta que concentra toda a sua vida de cidadão japonês. Foi preciso agendar alguns cancelamentos, rescindir contratos e ir até o fim no desligamento do que ainda resta, para finalmente deixar o Japão. Já começou o processo, para não levar muitos dias. O rompimento das fibras óticas restantes.

E uma tela em branco. Um silêncio. Um nada.

Apesar do calor, Suiroshi toma coragem e se prepara para ir ao seu apartamento buscar a bolsa esquecida que já está pronta, com os controles e o laptop dentro, sobre a cama. Não passará o fim de semana perdendo todas as partidas!

Espalha uma camada de protetor solar no rosto e braços no banheiro de Ken, que é melhor que o seu, afinal tem as medidas especificadas para a cadeira de rodas e tem corrimãos por todo lado. É uma boa para quando se está bêbado. Ajeita o boné e se olha no espelho para conferir se não está com a cara branca de protetor. Não precisa fazer a barba com frequência por ser imberbe como um adolescente. Raramente usa uma lâmina e quando o faz sempre se corta, por nunca adquirir a prática com seus dois ou três fiapos. Está com dois cortes acabando de sarar no queixo.

É um tipo de homem que quando chegar aos quarenta anos ainda vai aparentar vinte e poucos. E agora, aos vinte e seis recém-completados, pode dizer que tem dezoito. Na verdade, essa não é uma regra, mas é comum entre os japoneses aparentar menos idade, se comparados aos ocidentais. Alguns apenas pela aparência, e outros pela personalidade também, como às vezes parece ser o caso de Suiroshi.

Sai do apartamento depois de se despedir de Ken com um beijo no alto da cabeça e um agradecimento pelo pouso, pelo café, pelo protetor solar. Ken o manda à merda, limpando o beijo dos cabelos como se fosse cocô de passarinho enquanto vai deslizando até a janela para vê-lo ir pela calçada.

Ken perde Suiroshi de vista e demora a perceber que está ali, imóvel, olhando pelo vidro fechado. Sua expressão se endurece.

Não são as palavras exageradas do amigo que o demoveriam de sua decisão. Não tem volta, seja o inferno, seja o paraíso. Não tem volta.

Abaixa o olhar lentamente para suas pernas mortas.

Falta pouco.

Todo o processo de seleção foi brutal, as exigências, altíssimas, os meses, intermináveis, e não havia nenhuma garantia de que conseguiria. Mas ele conseguiu, por fim.

Faz algumas horas que ele sabe que a vaga é sua. E o estranho oco na barriga o assalta toda vez que pensa nisso. Em breve, receberá o contrato com todas as regras, cláusulas, prós e contras. Ele conhece cada uma daquelas palavras. E não precisa ler mais uma vez. Assim que tiver em mãos o contrato, irá assinar. Rápido. Com sangue se preciso for.

E que venha o reino do anticristo.

E não, ele não será implantado com o chip da besta. *Ele será o chip da besta.*

Um sorriso se faz no canto de seus lábios bem desenhados, o olhar fulgura, úmido. Ele vai conhecer todo o prazer do mundo. A dor ele já conhece.

Ergue os olhos para o rua, de onde o lampeiro Suiroshi Takeda tem ido e vindo, nesses dois anos, para uma boa partida de jogos on-line nos fins de semana, quando não está fotografando algum templo ou montanha, em lugares inóspitos que Ken não pode escalar.

Sente os olhos arderem. Não chegam a escorrer, mas embaçam.

— Que merda, Suiroshi... claro que eu estou com medo!

Suiroshi respira fundo e empreende a caminhada com alívio. Precisa de um tempo para organizar a cabeça. E a caminhada, apesar de quente, vai ajudar. Na volta, vai passar em um restaurante e comprar comida, porque se deixar por conta de Ken ele só fuma e bebe café, é tudo o que consome, e fica com aquele bafo do inferno.

Suiroshi adora comer; sua magreza é um desaforo da natureza. Aonde ele chega, alegres embalagens de comida já vão surgindo de dentro de sua mochila. Muita gente o ama por conta disso. Você só percebe que está com fome ao sentir o perfume da comida sendo desembrulhada na sua frente.

No momento, não consegue dissolver o nó do estômago, não lhe passa pela cabeça comprar nenhum prato. Isso é raro. Vai caminhando lentamente pelas ruas de sempre, no piloto automático, sem prestar atenção a nada em especial. Sua cabeça divaga pela problemática instalada em suas vidas no último ano.

Ainda não sabe se o negócio que Ken está fazendo é ilegal, mas isso não é empecilho. É algo novo, e se funcionar será o maior furor do mundo virtual de todos os tempos. É ousado até para eles, tão afeitos a toda tecnologia. Ken está decidido. O protótipo do *Ultimate-lifegamer* é quase uma lenda no mundo do videogame adulto avançado, citado como alguma espécie de Santo Gral.

Um conjunto de empresas de tecnologia de ponta se juntou para o jogo perfeito e o primeiro Jogador está sendo produzido. O contrato faz o candidato renunciar à própria vida. Ele será engolido pela máquina. Ele terá implantes cerebrais. Ele será uma simbiose e seu corpo será induzido a uma espécie de hibernação. O jogo, que já começa a chegar no mercado japonês, provavelmente levará muito tempo para alcançar o mundo. Se acontecer. É para poucos. Para os ricos e poderosos. Sem contar que parece que há coisas que só japonês é maluco o bastante para fazer.

O jogo acontecerá em níveis variados, com implantes mais ou menos invasivos, mais ou menos coringas, que acabarão servindo para diversas coisas no dia a dia, como acesso a finanças, monitoramento de saúde, GPS. Apenas o Jogador Máximo será parte total da máquina. Isso poderá resultar no maior *transumanismo* já pensado. Ou poderá assassinar o hospedeiro. Se é que muitos já não morreram e eles não abrem a informação.

Quantas vidas se vão, até que os métodos sejam descritos ao público?

O Jogador em questão nunca será revelado. O público comum não saberá de sua real existência e os peritos pensarão nele como um mito. Logo, se der merda, ele vai desaparecer e será como se nunca tivesse existido. A empresa vai conectar outro candidato. E assim até que um deles suporte os implantes nos neurônios e consiga realizar todo o programa.

Suiroshi não consegue acreditar que o ser humano chegou a esse ponto.

Ken é muito promissor. Muito do equipamento foi projetado sob medida. A competição esteve em aberto durante mais tempo do que o necessário, pois ele já era o escolhido, contudo, contra *eventuais problemas permanentes*, uma linha de sucessão teve de ser estabelecida. Peças de reposição. Simples assim.

A sensação da vida não valer nada o assalta. E quanto à vida de Ken, preso àquela cadeira? Quanto vale? Quanto ele vale para si mesmo, e não adianta ninguém falar o contrário?

Toda essa história é comentada como mera teoria da conspiração. Quem já ouviu falar é propenso a achar que não passa de um marketing obscuro. Igual àquele perfume famoso da cantora que jurou que na essência da fragrância há notas do seu sangue. Marketing obscuro. Fãs se embebedam com a ideia de se perfumar com a essência do sangue do ídolo. Mas a maioria sensata das pessoas jamais passaria perto se fosse verdade.

O grupo é anônimo. Tudo está acontecendo em um nível de sigilo que não permite pontas soltas. Jogadores falam nisso, mas no fundo não acreditam. Não há provas. Mas Suiroshi sabe. E é tudo real. E o Jogador que vai ser engolido por um sistema irreversível... é o seu único amigo no Japão, Ken Hayashi!

Desde que ficou sabendo da demissão, Suiroshi passou a programar sua partida de Chiba, e levar Ken consigo é sua última tentativa de dissuadi-lo de *se matar*. Mas Ken lhe disse instantes atrás que seu caminho pode ter um metro ou pode ser uma rodovia infinita. Sua imersão será total e eles nunca mais poderão se ver. Quanto a isso, Ken o provoca, falando que eles terão muitas maneiras de se falar on-line.

— Ainda vou te esmurrar muito lá de dentro! Vou invadir sua cabeça e fazer você enfiar um garfo no olho!

Suiroshi tem um esgar de melancolia e se sente mesquinho, com seu desejo de preservar o amigo como é. Ele não tem o direito.

Dentro da máquina, além de viver intensamente, com sensações plenamente reais, Ken poderá vir a se tornar uma espécie de... deus. Um dia poderá entrar em sua mente e falar com ele, a meio planeta de distância, assim que os implantes se tornarem corriqueiros e seguros, o que terá sido possível graças aos avanços que Ken permite em seu próprio corpo hoje. Ele desenvolverá caminhos e processos orgânicos que a máquina sozinha não poderia. O mundo poderá usar essa tecnologia na medicina, na engenharia, nas profissões de alto risco, e para pessoas enfiarem um garfo no olho umas das outras. As possibilidades são infinitas. Contudo... de boas intenções...

Ken lhe diz que o conhece muito bem, que o conheceu assim que ele saiu da TV e sabe que o glamour dos flashes nunca subirá à sua cabeça. Suiroshi não está certo de que a divindade robótica nunca subirá à cabeça de Ken. Depois de uma vida de privação, alcançar poderes ilimitados! O que isso fará com ele? Só o que Suiroshi sabe é que todo seu esqueleto dói quando pensa nisso.

No momento, o que todos sabem é que Suiroshi vai voltar para o Brasil, Ken vai sair de férias e o acompanhar. Isso é uma cortina de fumaça. Ele na verdade vai desaparecer, ninguém vai saber para onde ele foi. Suiroshi é a única pessoa que sabe. E jurou sigilo, haja o que houver.

Ele só não sabe ainda que sua boca será mais rápida do que suas juras neste estranho dia quente, que ainda ficará muito mais estranho e muito mais quente.

3

Sorrindo brevemente para si mesmo, Suiroshi dobra a Rua Higashicho e agradece por estar chegando ao seu bairro. Depois de se distanciar do complexo hospitalar, a rua tem um leve declive e logo seu prédio fica à vista. Vai agir rápido. Entrar, apanhar a mochila, beber um litro de água e voltar pela rota dos restaurantes. Já tem alguns pratos em mente.

Em algumas fachadas e janelas, vê a bandeira do Japão hasteada. Em uma varandinha, vê a bandeira das cinco argolas, junto com uma maior, nacional. Então se lembra que as Olimpíadas já começaram.

O sol incide fortemente sobre as bandeiras alvas, de todos os tamanhos. Ele não se lembra de ter visto tantas pela cidade antes. Há um ar cívico e festivo no ar.

Acontece um estranho *déjà-vu* enquanto ele sobe lentamente os três lances de escada, recuperando o fôlego do calor. Muita coisa já foi vivida ali. Coisas boas e coisas ruins. E neste momento ele sente um arrepio na nuca, como se previsse alguma energia das ruins. Ele não é tão sensitivo assim, mas vê sua janela aberta e sabe que a deixou trancada ao sair, na véspera. Quando seu espaço é invadido sem aviso, em geral é coisa ruim.

Sente cheiros, a temperatura do ar, o canto do pássaro voando por sobre o prédio. Quando toca na maçaneta, seu cérebro fabrica uma sensação recorrente de portal escancarado, sugando a realidade como um buraco negro em filme B. E vê os demônios que escapam do buraco negro e nunca mais voltam para onde pertencem, e estão todos ali, empoleirados pela sala, fedendo como peidos.

Pai do céu, como ele precisa ir embora deste lugar!

É só um relance. Não é real. Ele odeia quando vê essas coisas, e nunca chega a saber se é um pensamento, uma visão, uma loucura aleatória, ou a mais pura verdade. Odeia ver o que não é deste plano da existência, porque nunca é um anjo, nem uma luz, nunca qualquer coisa bonita. Então não queria ver nada!

Com os sentidos em alerta, estalando e vibrando como um fio descascado em rede elétrica, entra pela porta e leva um balde de água fria na sensação metafísica que vinha elaborando. Ele se depara com o amigo inseparável de sua namorada estranha. Sr. Aburaya, o grude de Suyen.

Que merda esse palerma pensa que está fazendo aqui?, Suiroshi se pergunta, incomodado.

É um tatuado taciturno. Ali na sua janela, na sua sala. Suiroshi respira fundo. Essa presença não é um espanto, pois a garota pode trazer amigos. O espanto é o contexto, afinal Suiroshi vai passar o fim de semana no apartamento de Ken, jogar e ver uma série junto com Kimiko, que às vezes se junta a eles nesses eventos nerd.

Suyen, a namorada estranha, sabe que o namorado não estará em casa durante todo o fim de semana. Não vão se ver, pois ela também tem compromisso, algum evento com a família esnobe. Então, que porcaria está acontecendo? Por que raios Aburaya está ali na sua frente?

Suiroshi aperta a nuca em um movimento duro da mão, e isso não alivia a tensão. Quando ele entra no apartamento para pegar a mochila, deparar-se com o tatuado é muito fora de contexto. O que ele faz ali sozinho? Suyen lhe deu as chaves? Com que propósito? Eles são podres de ricos e não há razão para ele estar ali em seu apartamento de poucos metros quadrados e nenhum conforto, por mais que os computadores sejam excelentes. Ele deve ter melhores.

Tudo isso passa pela sua mente em um segundo apenas, e, em seguida, a segunda percepção. O cara veste uma única peça de roupa que se parece muito com uma cueca boxer branca, caída na cintura até chegar ao cofrinho. Credo. Não queria ter visto isso. Mas não se pode *desver* o que já se viu.

É nesse momento que Suiroshi vê pela primeira vez a pele inteira das suas costas, as pernas e os braços, tudo fechado de tatuagens, sem um único centímetro sem cores e traços tão bonitos que dá para pendurá-lo na parede. Ele realmente não sabe se um simples japonês pode ser tão tatuado assim, ou se o cara é mesmo um yakuza. Já tinha medo dele. E o cara olha pela janela e não se incomoda em se virar para dentro do cômodo. Não diz um "olá" que seja ao dono da casa.

Suiroshi não entende nada. Antes de cruzar o estúdio e falar com ele, lembra-se de apanhar a escova de dentes e se dirige ao banheiro, que é mais perto. Não vai dar o braço a torcer e já ir se alterando e perguntando coisas. Primeiro a escova, porque seus dentes são mais importantes do que a existência daquela criatura lindamente colorida e sem roupa no meio da sua sala.

Suiroshi bufa de raiva. A arte no corpo do tatuado taciturno é muito bonita mesmo. Carpas, dragões, máscaras, flores, armas.

Abre a porta e mergulha na terceira descoberta. Dali em diante não há mais o que contabilizar nem o que racionalizar. O mesmo suor e calor de vexame que o invade neste momento à porta do banheiro vai invadi-lo de novo ao se lembrar, daqui a quarenta anos.

Suiroshi a vê: Suyen no banheiro, em meio a uma parafernália esquisita e fazendo algo esquisito.

Leva um único instante e ele entende tudo.

Suiroshi não sabe brigar. Ele não atravessa a sala e mete um soco na cara do tatuado sem roupa, fazendo voar os dentes. Posteriormente ficará grato por não ter ido brigar. O cara é um monte de músculos e pode arregaçar a sua cara antes de ele fazer o primeiro movimento! Perdido, ele somente sai do apartamento, trombando em tudo, como se de repente fosse muito grande para o ambiente enclausurado. Bate a porta com toda violência que consegue e desce a esmo as escadas, sem nem enxergar os degraus. Claro que isso resulta num tombo escada abaixo e ele se levanta com as costas doídas da pancada na quina dos degraus. Continua obstinado, capengando. Quando alcança um patamar entre andares, está chorando e se sente um idiota, com pena de si mesmo e com muita raiva, aquela raiva que trepida o estômago.

Com um leve vestido cobrindo a nudez que ele viu momentos atrás no banheiro, Suyen o alcança muito lívida, sem nenhuma cor nos lábios ressecados, e fala de forma contida, sem fôlego pela corrida escada abaixo:

— Suiroshi, não era para você ter voltado até segunda-feira! Nós combinamos!

Suiroshi fica furioso com as lágrimas que escorrem por suas bochechas. Adoraria não estar chorando. Aponta o dedo para ela, ameaçador.

— E eu não combinei com a minha namorada para ela ir fazer sexo anal com um cara dentro da minha casa!

Os olhos de Suyen se arregalam e sua boca fica aberta, sem som. Ela nunca pensou... Eles nunca nem sequer...E ela nunca... nem com Suiroshi... *é muito mórbido!*

— Tudo que você vai fazer de sujo é sempre na minha casa!

— Do... do que você está falando?

Eles se encaram como gatos briguentos, eriçados e prestes a se engalfinhar.

— Eu não sou idiota! Chego em casa, o cara está sem roupa, e você fazendo... — Ele baixa a voz: — Fazendo lavagem. Sua porca!

Suyen o cala com um golpe que ele não sabe se é tapa ou soco. Faz sua cabeça rolar para o lado.

— *Baka! Babaca!* — Suyen o xinga em japonês e em português, gritando de forma aguda.

Suiroshi sente vontade de revidar, de acertar um tapa em cheio nela. Ele nunca tinha sequer cogitado a hipótese de bater em uma garota, nem nos treinos marciais dos quais nunca saiu das faixas básicas. Ele sempre achou que preferiria morrer antes de levantar um dedo contra uma mulher.

Ele dá um passo à frente, e ela também, mas a brincadeira dura pouco e ambos são parados por mãos muito fortes, esmagando seus pulsos. Ambos sentem tanta dor que em instantes estão ajoelhados e choramingando, os cabelos espalhados por todo lado, voando nos seus fôlegos, e o tatuado entre eles, os espremendo, impassível em sua cueca, que só agora, de perto, Suiroshi vê se tratar de um par de shorts bem curtos. Moda de verão é uma desonra.

— Está errado, Takeda — fala o rapaz, sem aliviar a pressão em seu pulso, apesar de já ter soltado o de Suyen. É estranho ouvi-lo, ele nunca abre a boca. — Ela vai ficar quarenta e oito horas on-line. Limpou o corpo para não precisar ir ao banheiro...

— Solta meu braço! Solta! — Suiroshi grita, ergue-se e olha para eles, massageando o pulso esmagado e o orgulho muito mais ferido do que pode suportar.

O cara sem camisa e a garota sem dignidade. Jogadores on-line são capazes de tudo. Ele pensa em fraldas, drogas, estimulantes... agora lavagem intestinal. É demais! Ele se acha um jogador, contudo jamais ultrapassaria o nível de brincadeira mentalmente saudável.

Ele devia saber. Suyen é um fenômeno, competitiva até as últimas consequências. A imagem de ela no banheiro fica voltando em um loop feito disco furado em uma vitrola. Sua fúria o cega, e ele comete um erro do qual, enquanto ainda está na ação, já se arrepende, mas é tarde.

Ele fala algo que não poderia falar. E o pensamento de que é um cretino se avoluma em sua cabeça, deixando-o vermelho de vexame, apesar de parecer que o vermelhão é de raiva.

— Não adianta mais nada! Hayashi Ken já é o *lifegamer*! Assinou o contrato!

Suiroshi prende a respiração. O que acaba de fazer?

O que eu fiz?

— O aleijado...? — Ouve vagamente Suyen falar de forma desconexa.

Sai correndo e os deixa lá. Se pudesse deixaria até a si mesmo, rasgaria seu invólucro e se arrancaria do próprio corpo.

Pai! O que eu fiz?

Foge o mais rápido que pode, mas não consegue escapar dos gritos de Suyen em um choro de morte. Já na rua, olha para cima e vê de relance a garota nos braços tatuados do brutamontes, desfalecida, ele a carregando escada acima, igual a uma cena de filme esvoaçante.

O segredo de Ken não lhe pertence para que o entregue. Sair correndo não resolve nada. Observar de longe durante meses a competição entre seu melhor amigo e sua namorada foi o seu segredo. Nem em mil anos acreditaria que um dos dois seria selecionado para a aberração de se tornar o Jogador. Tudo era nebuloso, envolto em reticências. Ele nem confiou que fosse real, até a resposta definitiva de Ken. Agora muitas coisas fazem mais sentido, as respostas são claras: como amigo e namorado, ele é o pior do mundo. Amigo e namorada preferem viver em coma induzido, com fios conectados por todo lado, a continuar ao seu lado.

Se achasse alguma graça nisso, poderia dar umas boas risadas. Mas o fôlego lhe falta correndo pelas ruas da cidade feito um louco.

Quando chega de volta ao apartamento de Ken, está sem a mochila e sem a escova de dentes. Perdeu o boné. Está transtornado, machucado, os olhos vagos de quem usou alguma droga, ou olhou a beira do abismo da danação eterna.

Ken o observa e só suspira, apanhando o celular para pedir o almoço por aplicativo. Escolhe uma porção enorme, que já vai ficar para a tarde e a noite, e Kimiko também está chegando.

– Não vou perguntar. Mas você vai me contar. Em detalhes. Foi assaltado? Cadê suas coisas?

– Nem em mil anos... Suyen...

– Suyen? Ela não está em Hokkaido?

Jogado no sofá confortável da sala de Ken Hayashi, Suiroshi revive por alguns segundos tudo o que acabou de acontecer. Sua fuga correndo feito um louco pelas ruas, sem nem ver por onde ia. Mas seu inconsciente sempre o leva para o mesmo local. Mesmo se estiver em coma, achará a porta de Ken e entrará sem bater. Aquela porta nunca está trancada. Ele mora perto de um *koban*[1].

– Eu nunca mais vou conseguir ter um momento íntimo que valha a pena com Suyen. O namoro acabou.

Suiroshi desata a rir. Contagiado, Ken gargalha com ele sem saber o porquê e fica com dores abdominais, lágrimas escorrendo. Desmanchado pelo riso, Suiroshi conta pormenorizadamente o episódio e a razão de ter esquecido a mochila. Não poupa nem o cofrinho tatuado do esquisitão.

– A filha de uma puta não para de jogar nem para ir cagar! Por isso ninguém ganha dela! – Então Ken fica indignado: – Vendo o cara sem roupa, e ela desinfetando o traseiro... Puta merda! Você não poderia pensar em outra coisa mesmo. E era preparo para jogar outro jogo. Mas... que circunstâncias...

Suas gargalhadas são interrompidas pela campainha. O almoço chega e Suiroshi se espanta com a quantidade de embalagens.

1. koban: posto policial. N.A.

— Kimiko... — Ken diz, à guisa de explicação.

— E vamos ver um romance com ela hoje. Daqueles de chorar.

— Minha vida é de chorar.

— A minha também — retruca Ken, também sem nenhuma tristeza.

Durante o almoço, Suiroshi encara seriamente o amigo e fala de forma grave:

— E eu fiz uma besteira maior ainda. — A brincadeira acabou e ele precisa confessar sobre sua grande boca. Não será fácil. — Sou um grande idiota.

— Isso não é surpresa — Ken rebate e o olha, quase rindo da sua cara séria.

— Vou ser muito claro aqui. Preste atenção, Ken. Suyen é sua concorrente no Jogo. Eu nunca falei dos planos de um para o outro. Eu não achava que era tão sério. Mas hoje, quando eu a vi fazendo aquilo, quando vi aquilo... Eu não aguentei e gritei que você tinha ganhado. Que não adiantava mais nada. Que já tinha assinado o contrato. Eu... — Suiroshi se encolhe. — Precisei me vingar dela.

— Você fez o quê, seu imbecil?! — Ken grita e o ataca com os hashis, quase os enfiando no braço de Suiroshi.

— Desculpa, Ken...

— Isso era segredo! Eu nem sabia que ela participava!

— E nem ela sabia de você. Eu respeitei as regras, até hoje. — Suiroshi deixa pender os ombros. Não está nada orgulhoso de si mesmo. — Eu perdi a cabeça. Fui muito humilhado na minha própria casa!

Ken se acalma. Fecha a embalagem de comida pela metade e se afasta da mesa.

— Pelo menos uma coisa nós sabemos. Não adianta mais nada. A estação já está montada nas minhas medidas. Sapatinho da Cinderela. Só cabe em mim.

— Está mais para Bela Adormecida, cem anos dormindo.

— Aquele yakuza me dá arrepios. — Ken desvia o foco da conversa. Não adianta brigar com Suiroshi. — Acho que não faz mais diferença. Se ela concorre comigo, ela vai lidar com a revelação e proceder com o sigilo necessário. Se ela tinha chances reais, então está na linha de sucessão para quando eu sair ou pausar para reparos, ou para descanso, enfim, ainda não sabemos como será a periodicidade das pausas. No fim, você vai embora e eu vou ficar com a sua garota. O único imbecil aqui é você.

Suiroshi encara o amigo por um instante com a boca cheia, sem mastigar.

— Muito obrigado.

— De nada. Você merece muito mais.

Durante o filme romântico, eles assistem e debatem ao mesmo tempo, pois quase nenhum dos envolvidos em relacionamentos amorosos é humano e eles se perguntam se tais sentimentos não são humanos demais. Os seres fantásticos retratados ali não são inverossímeis; inverossímil é sentirem amor humano.

O celular de Suiroshi vibra de minuto em minuto. Ele ignora as chamadas de Suyen até que Kimiko perde a paciência e o obriga a responder, porque ela já está perdendo o fio da meada do enredo em que não humanos se apaixonam. Pior, quando ela descobre que ele está brigado com a namorada, obriga-o a ir embora para se acertar com ela.

Nas tramas de ficção, os casais são cheios de altos e baixos, drama, suspense, mal-entendidos... Mas na vida real, Sr. Takeda, ela lhe diz, é melhor ir resolvendo rapidinho.

— Some daqui! Não se ignora um relacionamento.

— Eis que ela arremata, delicada como um rinoceronte.

Suiroshi replica e se arrepende, então se levanta de um salto. Deixa Kimiko fazendo companhia a Ken, no seu não relacionamento humano impossível e cheio de culpa, e vai embora quando o céu já está escurecendo. Ficou exatas sete horas longe de Suyen. Pouco tempo.

A imagem no banheiro ainda queima suas retinas. Por que ela está insistindo em vê-lo pessoalmente tão rápido? Qual o sentido de não o deixar esquecer um pouco? Depois do tanto que viveram juntos, essa imagem é a última coisa que quer lembrar.

O anoitecer no parque ao menos é terreno neutro.

Suyen faz a exigência estranha, mas não inédita. Ela às vezes quer ficar inalcançável e pede para se encontrarem no parque infantil diante de seu condomínio. Sem celulares ou quaisquer dispositivos de rastreamento e de gravação de imagem e voz. Ela sente uma necessidade visceral de não ser rastreada e parece meio neurótica com isso. Ele fica intrigado, afinal ela está matriculada para a qualquer momento ser convocada a ter todo o seu ser envolto por cabos e nada nela terá privacidade, nem seu corpo, nem sua mente. Provavelmente ela quer conversar a sós, sem ser ouvida e decodificada. Mas sobre o que vai lhe falar em segredo agora que ele já sabe de suas limpezas intestinais, e falou disso com celular no bolso, para até a Inteligência russa ouvir?

Enfim, Suiroshi vai deixar o celular desligado na caixa de correio quando chegar e vai para o parquinho sempre deserto depois que escurece, incógnito e irrastreável.

Enquanto caminha, sua cabeça divaga. Chegou o momento de dizer adeus a Suyen. Deviam ter feito isso tanto tempo atrás que agora é quase ridículo. Viveram tanta coisa juntos, e nada fez muito sentido. A voz dela lhe vem na memória, fragmentos de conversas antigas e recentes. E nada faz sentido. É como se ele estivesse desperto de um feitiço. Era tão coerente antes, agora não mais. Acabou a magia. É uma pena, de qualquer forma.

Suiroshi se lembra da palidez de morte que cobriu o rosto dela horas atrás. Achou engraçado, quase poderia zombar dela ali: "Sim, sua babaca, Ken é o melhor do mundo!". Ela se sentiu humilhada, porque não sabia que o protótipo já havia sido escolhido.

É a famosa porta que nunca se deve abrir. E depois de aberta, é um portal de dimensões gigantescas por onde escapam tantos demônios que escurecem o céu. Um céu preto de demônios é o tamanho do ódio que Suyen tem por Ken. Ela odeia o quanto ele é brilhante, e esse ódio deve ter aumentado de forma considerável nas últimas horas.

Suiroshi não sabe o que vai encontrar no parquinho. Vai ser uma imagem de Dante[2].

Ela é uma garota bonita, quase tão alta e magra quanto ele, de cabelos despenteados e muito negros, o rosto arredondado. Alguns colegas dizem que são perturbadoramente parecidos, como se fossem irmãos.

Sim, imaginar irmãos se agarrando é perturbador.

Suiroshi brinca que ambos são narcisistas que resolveram namorar com si mesmos, o Narciso neles sendo apenas o fato de se apaixonarem pela própria imagem, sem maiores desdobramentos psicológicos. Um detalhe perturbador, sim, se pensar no quanto de tempo investiram um no outro, em algo que, afinal, sempre foi superficial. Quando se olham, ainda sentem que não se conhecem além do que é aparente. E existem muitas coisas que ele não sabe. E que ela não lhe conta. E que ele fica grato por não saber.

— Suyen...

Com uma estranha tristeza, ele não apressa o passo rumo a esse desfecho. Caminha pensando no corpo longilíneo dela. Podia ter mais curvas, talvez pudesse ter mais seios. Mas não deixa de ser perfeita, porque seu corpo é apenas uma fração do que ela representa realmente, e ali está uma personalidade e tanto. Não é só um corpo que vem aquecendo o seu de vez em quando, nos últimos anos, sem real interesse mútuo até onde ele pode sentir. Mas até que funciona.

2. O livro *A Divina Comédia*, de Dante Alighieri, traz ilustrações de sua viagem através do inferno. N.A.

O que será dele depois de hoje? Desempregado, solteiro e com uma passagem para o desconhecido. Voltar para casa não significa que sabe o que encontrará ao desembarcar do outro lado do mundo.

Então, Suyen, o que ainda estão fazendo juntos? Haverá uma forma de resolver o problema do portal gigantesco entre eles, e os demônios? Será que existe despedida sem mágoa? Bem, que haja despedida sem sangue pelo menos e já estarão em um patamar admirável, depois de tudo.

— No fundo, você se comporta como todos! — ela disse recentemente com desprezo, como se falasse a um ser inferior. — Dos que vêm para uma temporada de trabalho, só para juntar dinheiro e depois ir embora, com a grana para gastar longe daqui. Você não é como os que vêm e ficam.

Ele pondera. As coisas só ficarão piores daqui em diante. Então, dane-se, antes de mais nada. Tudo o incomoda demais para se desgastar em explicações desnecessárias de que não é um vagabundo ou um desertor.

Na época, respondeu com sinceridade:

— Estou aqui há uma década, e isso significa que eu já fiquei. Já produzi, já contribuí. E eu nunca falei que passaria minha vida inteira aqui.

— Nisso está certo. Nunca falou. Mas poderia se quisesse.

Suiroshi se sente indo ao matadouro. Algo lhe diz que não pode passar desta noite. Ainda não sabe qual dos dois vai tomar a iniciativa de romper em palavras claras. E é necessário reconhecer que ela está sendo decente ao pedir que ele venha pessoalmente e sem celulares.

Suyen foi a idealizadora do seu fã-clube quando ele despontou como modelo nos desfiles do departamento de moda da universidade. Era louca por ele como o bando de meninas barulhentas que o seguia, dava-lhe presentes, cartinhas... Todas tão iguais que pareciam uma massa homogênea de hormônios adolescentes. Suyen era diferente delas, com sua pitada de mistério e desdém, e na época parecia ainda mais sua gêmea, por ele ter os traços másculos em desenvolvimento tardio. Se não fosse por seu pomo de Adão e pela voz, pouco restaria que os diferenciasse.

E agora esses anos vão ficando para trás numa despedida tão gélida que parece um freezer aberto na sua cara, antevê Suiroshi entre atônito e aliviado.

Estão muito desgastados, ele sabe. Mas não pode deixar que ela se vá sem se entenderem pela última vez. Se é um rompimento, não pode ficar sem explicação. Se não, não acaba direito, e as coisas precisam acabar para a vida voltar a fluir. Que raio de namorado retardado se preocupa só com sua própria vida e seu próximo passo? Está a dias de voltar para o Brasil e está sendo covarde em não lhe dizer nada de concreto.

Ah! Droga! Não dá para ficar ali remoendo as culpas.

— Takeda Suiroshi, depois de tudo que eu fiz por você!

Ela não o chama de Suiroshi quando quebram o pau. Fala seu nome inteiro quando quer impor distância. Funciona. Houve uma vez que brigaram e ela foi embora, e ele foi atrás, só enrolado em um lençol. Que patético. Aí lá embaixo ele se embrulhava e se arrependia de não ter calçado pelo menos os chinelos. A aspereza do asfalto doía os pés. Eles falaram baixo como criminosos planejando. Foi uma briga de casal, mas não dariam um espetáculo; ela não dava mais espetáculos.

Vizinhos, não peguem a pipoca.

A três quadras dali fica o Hospital Kameda e as imediações são bem silenciosas. Um mundo tão quieto que, quando uma ambulância rasga a noite em uma emergência, é de arrepiar como o fim do mundo se abatendo sobre eles.

— Não tomei nenhuma decisão ainda...

Suiroshi mentiu com desenvoltura, da única vez em que ela lhe perguntou se ele ia embora, agora que estava sem o emprego na fábrica. Ele não sabe bem a causa da necessidade de ocultar suas decisões. Desde quando começou a ficar com medo e sente tanta necessidade de pelo menos tentar se preservar? Sente que só sairá vivo do Japão se ela nunca souber quando ele vai embora. Que bom que ela não faz ideia que está tão perto o dia. Com sorte, ele escapará para contar a história depois.

Finalmente a menina rica está livre do operário. Tornou-se uma adulta discreta e está pronta para assumir o império Okada ao lado do tatuado taciturno. O peão subalterno é página virada.

Um Suiroshi melancólico chega à entrada do prédio, entra no hall moderno e claro, desliga o celular, o coloca na sua caixa de correio, e sai em seguida. Sempre que se vê perto de Suyen, sente como se fosse o mero coadjuvante de uma história que não lhe pertence. Ela está em algum degrau acima dele e ele só figurando feito um bobo da corte. Isso não é agradável para ninguém, pois dentro de si todo mundo tem um ímpeto de protagonizar a própria vida.

Assim que entra no parquinho, ele a vê de costas para ele em um balanço exato. O quadrante não monitorado, o canto que tem o ponto cego que ela mesma criou desviando a câmera e a programando para nunca voltar àquele ângulo. Ninguém faria nada suspeito naquele lugar, pois não ser vigiado é um fato desconhecido e todos sabem que o parquinho é fortemente monitorado para ajudar crianças em eventuais acidentes, como quedas do brinquedo.

A peralta Suyen veste roupas justas e pretas, sempre evidenciando ao máximo sua figura quase fora dos padrões femininos de tão alta e magra.

Como muitas pessoas, ele é um quase faz-tudo voltando desempregado para casa, e lá está uma moça como poucas, da alta sociedade de Chiba, chamada Suyen Okada. Chega perto dela se sentindo triste. Perdê-la e perder o Japão já são fatos. A inexorabilidade. E ele ainda não sabe se vai naufragar no retorno, porque só sabe ser japonês.

— Suy-y...?

Senta-se ao lado dela e ficam em silêncio. Não é um silêncio constrangido nem irritado. É só silêncio.

Ela não devia estar se relacionando com um brasileiro sem renome, contudo a família releva, pois antevê que dali não sairá um noivado. E a moça é uma alma consideravelmente rebelde desde menina. O período namorando Suiroshi Takeda é quase uma calmaria na turbulência que ela causa. Quanto a isso, o poderoso clã Okada não pode reclamar.

O rapaz brasileiro, na época despontando na carreira artística, arrebanhou legiões de fãs jovens, e a moça figurar publicamente ao seu lado em festas dos elencos de TV foi uma afronta para a família que preza pela altivez de suas mulheres, sua postura irretocável. Em vez de preservar sua imagem, a garota usava trajes sumários e maquiagens burlescas em aparições diante de flashes sedentos. A fama era do namorado, mas ela surfava na onda com muito prazer e afundava com mais prazer ainda a reputação do seu nome. E isso era calmaria perto do que ela tinha aprontado antes.

O auge de sua rebeldia se deu na semana que começaram a namorar e ele lhe perguntou se ela precisava mesmo daquilo, porque ele estava pulando fora. Ela lhe respondeu que não fosse tão inseguro, ela só estava se despedindo da vida de loucuras porque estava decidida a mudar radicalmente e um marco assim precisava de um rito de passagem. Suiroshi lhe deu um voto de confiança e a aceitou, sendo esse o seu passaporte para a casa dos Okada. Eles ficaram gratos que Suiroshi concordasse em deixar isso no passado e no esquecimento. E era algo grave, afinal ela fora encontrada em uma vitrine em Kabukicho e isso poderia ter destruído sua vida, ainda que fosse em uma seção para *voyers* e aparentemente não tivesse acontecido nada além de ela se exibir nua, sem ser tocada.

Se houve consequências mais graves, nunca foram reveladas.

A família observava Suyen. Na verdade, julgava que o glamour da mídia ao lado do namorado também iria finalmente cansar e ela amadureceria. Antes desse romance midiático, ela estivera metida em escândalos. Então, que o rapaz a contivesse.

Quando Suiroshi desapareceu da mídia após a meteórica e rápida carreira, ela desapareceu com ele e desde então sua vida passou a ser reservada, como devia ser. Contudo, há a preocupação constante, pois ela não é uma garota que se contente com um simples engenheiro de fábrica, socados em um apartamento estúdio.

Julgam que isso é parte de sua rebeldia, afrontar os imponentes Okada com um amante de vida modesta. Em tudo ela busca chocar e arrancar lágrimas de sua mãe, que se envergonha profundamente diante das amigas.

Parecendo coisa do destino, a moça tem o amigo tatuado e tão problemático quanto ela. Eles nunca se distanciam, desde o jardim da infância lado a lado, herdeiros de nome e fortuna: fatalmente acabarão casados, dando continuidade aos seus clãs. Fortuitamente, o rapaz também teve complicações juvenis com a lei e a ordem e apenas seu nome o livrou do encarceramento corretivo, ainda quando era menor de idade. Ambos com o passado para passar a limpo, ou preferencialmente a ser esquecido. E as famílias não podem apresentar cobranças uma à outra.

Pelo que parece, a rebeldia da menina rica e seu melhor amigo de infância vem dando lugar a uma personalidade discreta. Eles só querem jogar videogame on-line e ganhar torneios nas horas vagas que passam com o garoto brasileiro.

Suiroshi não consegue evitar a retrospectiva passando pela cabeça. Tem muito passado com Suyen, e nenhum futuro.

É evidente que o namorado estrangeiro não entra na equação do futuro dela, mas teve sua serventia para aplacar os hormônios da mocinha na hora em que ela precisou. Nisso seus pais concordam. Algo bastante frio para pais pensarem sobre a única herdeira. Mas Suiroshi não tem mais o ímpeto de protegê-la de todo mundo. Essa fase de cavaleiro de capa e espada foi rápida, lá atrás. Ele sabe que está sentado ao lado de uma mulher mais forte do que ele.

Todas essas ponderações dos pais de Suyen nunca foram segredo para Suiroshi. Ele quase não teve contato com a família. Apenas em raras ocasiões ele atendeu a convites formais para um jantar ou festa em que ela não devia se apresentar desacompanhada e a companhia de um modelo era adequada exatamente por dar a sensação de artificialidade. Como que a proteger a real intimidade dela. Ele era apenas um modelo, um rosto para posar para as fotos.

Suiroshi pondera se, afinal, ele não foi só isso mesmo na vida dela e se, no fundo, ela também não foi só um refúgio contra sua solidão, mas nunca o seu amor.

Não faz mais diferença que nome possa dar às coisas.

Em momentos constrangedores e provavelmente inesquecíveis, Suiroshi ficou ora em uma biblioteca, ora em um escritório, ora com a Sra. Okada, ora com o Sr. Okada em pessoa, ou até mesmo relegado à companhia de um secretário, e então, longe da sua acompanhante, essas verdades todas foram insinuadas. E de forma que não foi necessário Suiroshi acessar toda a sua lógica para compreender. Ele era no máximo um subalterno, na opinião deles.

E ainda assim, momentos depois, ele sorria na companhia da garota, como se fosse o homem mais feliz do mundo. E a poupava da mesquinhez de sua casta. Ela sabia que não gostavam dele, e não precisavam ser ainda mais claros quanto a isso.

— Você está bem? — ela perguntava quando o via sério a um canto.

— Estou ótimo, Suy-y! Mas você sabe que este ambiente é tradicional demais.

E ela sorria, condescendente, e logo dava um jeito de eles irem embora.

Suyen respira, calma, sem se preocupar com rastreamentos. Contudo, Suiroshi não deixa de se sentir em perigo, um alarme lá no fundo da alma. Sente-se assim desde que caiu em si de que ela não é uma garota mimada apenas, com dificuldade para lidar com a sociedade japonesa. E se ela tiver uma arma?

Ele se segura para não rir da própria ideia tão boba. Ele não vale o esforço. Ela não tem motivo algum para matá-lo e ir para a cadeia.

Finalmente Suyen aborda o assunto que os trouxe ali de forma direta, como faz com todos os assuntos. A facilidade com que de repente fala nisso o deixa espantado. É a primeira vez que fala abertamente de seu *trabalho*, e Suiroshi cai em si de que ela quer falar além das suposições dele, por isso escolheu um parque todo arborizado e eles não carregam nenhum celular. Estão seguros, as últimas luzes do dia já deram lugar à noite plena.

Ela fala que está cansada. O episódio da manhã atrapalhou sua concentração e ela desistiu do campeonato. Ela e o parceiro aproveitaram o dia de outra forma.

Suiroshi divaga sobre como podem ter aproveitado.

— Suiroshi, não se preocupe, hoje todos os computadores usados para um trabalho em especial foram tirados do seu estúdio e está tudo limpo agora. Nossa estação está limpa. Foi tudo destruído.

— Destruído?

— Incendiei as pontes, evitando que alguém atravesse...

Na verdade, Suirohsi está se lixando para o que ela e o parceiro de crimes aprontam. Sabe que são poderosos e qualquer besteira que façam será resolvida pelas famílias. Mas e ele?

Ele também vai direto ao ponto:

— Eu corro risco com o que você está fazendo lá?

— Correu, não vou mentir. Mas deu tudo certo. E acabou. E não vai mais acontecer. Acabou esse ciclo. Fechamos tudo! Por isso vou te contar. Já está encerrado e você não foi preso, foi?

Ela fala a verdade sobre ciclo fechado, pontes queimadas, assunto encerrado, tudo limpo. Transparece segurança.

— Suyen, quer me contar o que está acontecendo?

— Confio em você e não há motivos para que você não saiba. Ou melhor, não existe forma de você não ficar sabendo o que eu fiz quando voltar para casa... Porque você vai voltar.

Ela se levanta do balanço, puxa-o pela mão e eles se sentam em um banco de madeira debaixo de uma cerejeira frondosa, no limite do parquinho, quase adentrando o bosque ao fundo. Suyen tira uma garrafa térmica com chá gelado da bolsa e serve para ambos. Suiroshi não sabe o que esperar dessa despedida, e só bebe depois dela.

Até que Suyen respira fundo e lhe conta uma história, e ele passa a saber do que ela é capaz e que, nem em mil anos, poderia ter imaginado.

Desde o primeiro momento ele esteve no centro de seu plano, e nunca soube de nada. E ela lhe conta tudo, bebericando o chá doce, enquanto ele preferia alguma coisa mais amarga e mal prova a bebida, que, de qualquer forma, não poderia descer, embolada na garganta pelo que passa a ouvir.

4

Desde a criação do fã-clube nos corredores da universidade, Suyen teve a ideia muito peculiar, que foi compartilhar com seu parceiro tatuado, ele que já era quase tão tatuado quanto no presente. Eles eram inseparáveis. Por mais que Suyen se julgasse livre, ele esperava pacientemente como um grande predador, dando espaço para a gazela saltitar à vontade, mas seu destino já estava traçado.

Vendo isso na dinâmica deles, Suiroshi não sabe por que não sentia ciúme, e é verdade que não sentia. Talvez por Suyen ser muito segura e não ser o brutamontes que ela queria ao seu lado no momento como namorado. E isso enchia o fulano de uma fúria contida.

Se um dia aquela raiva explodisse, Suiroshi não queria estar por perto.

Enquanto ele divaga por alguns instantes, percebe que ela fala aceleradamente em termos bastante avançados da informática, coisas que ele estudou apenas na esfera teórica, até especulativa, no último ano da faculdade. Ela discorre sobre considerar determinadas informações, e assim, tudo partindo de sua genialidade, ela descreve um universo de profundidade abissal.

Mas do que ela está falando, Pai Amado?

As palavras demoram um pouco para começar a fazer sentido concreto, são conceitos muito abstratos para ele até o momento. Tem que prestar muita atenção ao que ela diz sobre programação e sistemas operacionais, por sua complexidade. Ela não o poupa de detalhes técnicos praticamente asfixiantes mesmo para ele, que é familiarizado com a linguagem. O nível que ela alcança soa como ficção científica, pois algumas estruturas que descreve não parecem ser executáveis. E por fim Suiroshi admite intimamente que ela tem, sim, o mesmo nível de Ken, ou é superior. E, portanto, é compreensível a rivalidade e a decepção por não ter sido a escolhida para se tornar o programa mais avançado já realizado pela tecnologia japonesa. Apenas ele não pode crer que ela em sã consciência escolhesse ser ligada a uma máquina!

Traduzindo tudo, Suyen e o tatuado, o par de hackers, decidiram arquitetar e executar um grande roubo e passaram anos trabalhando nele, fazendo muitos trabalhos menores no meio-tempo, porque ideias não lhes faltam, assim como não faltam oportunidades. São uma empresa prolífica, e algumas coisas andam paralelamente, sempre várias ao mesmo tempo. Contudo, existe um grande processo que Suyen manteve rodando praticamente sozinha, de forma obcecada. Era o *seu* projeto.

Suiroshi estava no centro desse projeto. O ator estrangeiro de seriado, de vida limpa e consciência ainda mais limpa. E esse álibi é a cereja do bolo de Suyen.

— E eu sou isso, então, uma coisa que você manipulou como se não tivesse vida própria? Você só namora comigo porque pode usar minha casa para se conectar como hacker e cometer crimes de forma insuspeita? Eu sou um tipo de testa de ferro e nem sei disso? — pergunta ele e não lhe dá tempo para responder. Não são perguntas, são constatações. — E se um dia a polícia me levasse, eu nem ia saber o que estava acontecendo, e acabariam com a minha vida assim mesmo, sem eu ter nada para confessar?

— Eu não namoro com você só por isso, eu acho. Mas no geral, sim para todas as perguntas. Era um risco que você tinha que correr.

— Como assim "eu tinha que correr o risco", se não sabia de nada? Nunca pensou em me consultar? E se eu quisesse fazer parte do seu esquema? Eu sou muito bom em TI. Como me deixou de fora, sem saber que estavam fazendo seu maior roubo, dentro da minha casa?

Suyen revira os olhos e suspira, dramática.

— Fazer parte? Você não fica com troco errado nem quando compra uma garrafa de água. Não seja *babaca*. E esse não foi o nosso maior roubo, Suiroshi. Apenas é o meu trabalho predileto, o meu queridinho, porque foi eu que montei tudo. Você ser inocente era tão fofo.

— Mas eu sabia que vocês eram hackers e que davam desfalques, porque tinham muito dinheiro sem ter um emprego...

— Pais abastados e relapsos, Sushi. Nem todo mundo é certinho como você, que não aceita do papai a grana que compra o amor indisponível. Os meus são muito ricos, e inteiramente indisponíveis.

Suyen aproxima-se e começa a beijá-lo devagar, aumentando a intensidade aos poucos, até que desperta a urgência nele, e ele para de racionalizar e argumentar, ondas de calor irradiando pelo corpo inteiro. Apesar de sozinhos, não deixa de ser um local público, então não podem avançar muito.

Suyen, vaidosa e dominadora, leva a mão do namorado até seu seio, sob a camiseta, tocando a renda macia da roupa íntima, e ele perde o fôlego. É o momento de ela lhe contar sobre o grande golpe, com ele de plateia doente de excitação, labaredas escapando pelos olhos. É assim que ela gosta de ser olhada. Se como ladra não o despertou o bastante, como mulher ela conhece seus pontos fracos.

Não é o encontro magoado, cheio de palavras de rompimento que Suiroshi esperava. E está bem empolgado agora, plenamente consciente de sua fraqueza masculina e pouco se importando com tantos perigos. Se ela fala que já está tudo resolvido, ele dá de ombros com um velho ditado dos tempos de carteado nos corredores do colégio:

— *Fodido por fodido, truco!*

— Eu nunca vou revelar o nome da corporação, não pergunte — fala Suyen com mistério. Ela está se divertindo. — Mas existe uma multinacional que não ofereceu barreiras suficientes para mim, como eu te expliquei. Ficamos dentro dela por muito tempo e fizemos algumas brincadeiras inofensivas, e todas passaram despercebidas.

— Só fico pensando o que pode ser uma brincadeira inofensiva nos seus padrões.

— Não houve mortes. Ponto-final. Existem plantas pelo mundo, mas só brincamos na Ásia, onde eram as maiores instalações, com números elevados de funcionários. Eram as plantas mais fáceis de se passar despercebido por conterem inadequações de fisco, contratações sem registro para não onerar a companhia, funcionários fantasmas e cabides de emprego. Os funcionários menores de idade também não tinham registros adequados... Enfim, havia tanta coisa errada que nossa presença era o menor de seus problemas. Caso a lei os alcançasse, enfrentariam multas impraticáveis.

— Ainda existem empresas assim? E multinacionais?

— Em que planeta você vive? Todos esses anos de Japão, o país da máfia, não te ensinaram como o ser humano pode ser corrupto? Não arregala os olhos. É, o seu bonito Japão tem até tráfico humano e prostituição escrava. E ainda assim é o paraíso dos querubins, perto do lugar em questão.

Suiroshi fica pensando um pouco. O submundo não é um lugar visível. Não é um lugar. Você pode viver uma vida inteira sem notá-lo, sem senti-lo. Como o mundo espiritual, que está logo na frente da nossa cara, e ninguém vê. E sempre parece que no lado de lá é tudo feio e sujo.

— Por isso vocês não tiveram remorso em seguir com seu plano... mesmo sabendo que no fim a conta é sempre paga pelos mais fracos.

— Até entre os caras maus, como eu, existe esse romantismo de tentar poupar os coitadinhos. Queremos punir os mais malvados. Mas no fim agimos mais pela eficiência e pelo resultado.

— Ou seja, passando por cima de tudo. E o que você fez para considerar a si mesma como um dos caras maus, e o que eu tenho com isso?

— Consistia em capturar os milhões de pequenos centavos que cada funcionário ganhava, no pagamento mensal, assim como os centavos que eram arrecadados pela empresa. É assim: todo mundo que recebe uma soma de dinheiro, recebe um número que termina em centavos. Imagine X dólares e oitenta e dois centavos. X dólares e quarenta e sete centavos. E assim por milhares e milhares de pagamentos e transações, cujos depósitos se dão em contas bancárias já com saldos ou débitos. Você está entendendo até aqui?

— Sim. Faz sentido você conhecer tudo, já que havia paridade do sistema deles com o seu. Você via tudo e tinha acesso a tudo. Então estamos falando de centenas de milhares de transações bancárias?

— Sim — prossegue ela com um sorriso, sentindo a mão dele pressionar o seu seio na medida certa.

Esse é um talento de Suiroshi, ele sabe como pegar num seio. Poderia ficar com ele só por isso.

Ela respira fundo.

— No ato dos depósitos, cada uma dessas contas recebeu X dólares e alguns centavos aleatórios, de um a seis. Em todos os pagamentos dos últimos anos, cada uma delas contribuiu com centavos que nunca fizeram falta. Todo esse dinheiro foi convertido e legalizado na manobra genial que eu consegui praticar. Encerramos a atividade em abril e já entramos em agosto, e nunca alguém se deu pela falta de menos de um dólar em seu depósito salarial, ainda que com frequência noventa e oito centavos se tornassem apenas um ou dois. Finalmente monitoramos os movimentos por um trimestre, sem interferir mais, e tudo voltou ao normal, e não foi notado nenhum movimento atípico anterior. Ninguém ficou nem mais pobre e nem mais rico. Estávamos seguros. E após o trimestre de observação, nós destruímos todas as pontes. Como já é impossível nos rastrear, agora somos inexistentes. Nunca aconteceu! Eu sou um gênio!

Efusivamente ela o abraça pelo pescoço e o beija.

— Vocês dois viveram disso esses anos todos? É de onde vem tudo o que têm?

Suiroshi não se mostra exatamente contente. Sempre soube que acontecia algo assim, mas não saber ao certo o que era lhe dava uma consciência mais tranquila. Dentro de seu apartamento, aquela dupla maluca roubando meio mundo... Não sabe o que pensar, agora que é fato, preto no branco, e não só uma suposição.

— Nunca pegamos um só desses centavos para nós. Fazemos outros trabalhos para nossa manutenção. Esse trabalho em especial eu fiz pelo desafio, pela complexidade de ter tanta coisa envolvida, tantos dados que quase enlouqueci. Foi muito divertido codificar milhares de operações quase diariamente, por anos. E eu ainda tinha uma vida, ainda tinha um namorado. Eu sou ótima! E não, nunca foi para ficar com o dinheiro. Foi um treino intensivo para me tornar a melhor *lifegamer* quando chegar minha vez! Sim, eu sei que queria ser a primeira, mas eu serei a melhor!

— Eu não tenho nenhuma dúvida.

Suiroshi imagina se agora virá o momento em que ela irá confessar que é a benfeitora anônima de hospitais que curam o câncer infantil pelo mundo. Decide não falar mais nada para não atrapalhar o momento de Suyen.

Ela se mostra especialmente satisfeita ao deslizar a mão pelo corpo dele e sentir nas pontas dos dedos o seu sexo excitado, pulsando dentro do jeans. E ele também está gostando dos dedos dela delicados, mas hábeis. Deseja demais que ela abra o zíper, mas será atentado ao pudor ali, em público. O jeans tira em muito a sensibilidade do toque e ele praticamente não tem como pensar em outra coisa. Ela é a dona de toda sua atenção.

Suiroshi espera o *grand finale*. Ela parece um vilão que precisa revelar seu plano diabólico ao final da história. A diferença para o vilão clássico é que no caso dela tudo já deu certo, ela tem os louros da vitória e nada mais pode parar o seu sucesso.

Fica a dica, vilões que abrem o bico antes.

— Eu comecei a coletar os seus dados para o fã-clube mesmo antes de ficarmos amigos. Eu ainda não te conhecia pessoalmente, você se lembra.

— Claro que lembro. Foi muito constrangedor no curso de tecnologia me ver às voltas com fãs do curso de moda e design correndo atrás de mim pelo campus. Outro aluno teria morrido de vergonha.

— Mas você se divertia.

— Eu conseguia ver como brincadeira. Se levasse a sério, morreria de vergonha também.

— Depois meu parceiro se arrependeu de termos escolhido você, mas era tarde demais. — Uma leve sombra cobre o olhar de Suyen por um instante. — Na cabeça dele, não era para nos envolvermos assim. Sua exposição foi além do que planejamos. Afinal, você tinha brilho próprio.

Suiroshi quer parar de saber o que mais eles fazem e gostaria de esquecer o que ela disse até aqui. É desagradável a sensação de estar implicado em crimes de furto e fraude junto com eles. Com as coisas acontecendo em seu apartamento, quem acreditaria que ele não sabia de nada? Contudo, claro que fica com uma curiosidade intensa pelo desfecho. Não aprova que tenham cometido os furtos, apesar de pensar que uma companhia furtada imperceptivelmente em centavos não é nada assim tão grave. Não foi pelo dinheiro. Mesmo porque fizeram isso por anos, e nunca alguém efetuou uma única queixa! Ela afirma que está encerrada essa atividade há meses e que queimaram todas as pontes.

Muito bem. Pode não aprovar, mas está diante de um gênio.

Penso se Ken poderá fazer coisas assim em breve, só com um pensamento!

Suyen se deita no banco, coloca a cabeça sobre suas coxas e vai subindo para se ajeitar, até que discretamente se encosta em seu pênis por cima da calça e fica roçando a orelha nele, sentindo a pulsação de sua ereção, e sorri com o canto dos lábios, com a beleza de um demônio.

Suiroshi só consegue pensar em abrir o zíper e lhe implorar que faça algo além disso. A rainha do crime brincando com seu pau e ele está quase desesperado. E ela não abre o zíper, mas de repente o pressiona com firmeza.

Enquanto lateja, e segurando um gemido no fundo da garganta, Suiroshi arqueia o corpo para frente e só depois sentirá vergonha de ter tido um orgasmo longo, pelo simples contado da orelha de Suyen sobre suas calças jeans.

Será que toda criminosa é assim tão sedutora?

Fica um tempo respirando, sentindo o olhar sorridente dela sobre si. A sensação molhada na cueca ficará desconfortável após o sêmen esfriar.

Depois de um minuto, percebe que o momento tirou sua atenção sobre o que precisa saber, mas volta a si e quando fala limpa a garganta e vai direto ao assunto:

– Ainda não entendi por que precisaram usar meu apartamento para ligar seus computadores. Teve todo o trabalho de me divulgar, para eu desfilar e ir para a TV, só para ninguém desconfiar que estavam escondendo transações ilegais em um lugar tão exposto que nunca poderia ser considerado um esconderijo? Entendo o conceito da ideia, mas não é razoável. Muito esforço desperdiçado para você, que é sempre tão direta.

– Eu sou direta quando posso ser. Porque me cansa ser escorregadia tantas vezes. Nesse ramo, não se pode ser direto. Preciso de um labirinto de labirintos, onde tudo se perca. Ora, vamos, você é inteligente. Pensa. Por que eu usei todos os seus dados e atrelei sua imagem à minha atividade tão intimamente?

Ele ergue os ombros.

– Para eu não ir correndo denunciar seus crimes. Se você nunca confiou em mim, não entendo por que quis me envolver. Sua segurança era que eu não conseguiria *me* inocentar se te entregasse à lei — responde sem emoção. Frio e eficiente, como ela. — E agora que não existe mais nenhuma prova para eu usar, você não corre risco algum comigo. E acabou, então você pode me contar.

— Pobre Suiroshi Takeda e seu problema de confiança...

— Olha, na verdade eu não tenho nenhum interesse e nenhuma participação nisso. Você me usou e me deixou correr riscos, e eu não gostei disso. Mas acabou, certo? Então não era necessário ter me contado. Pobre Suyen Okada e seu problema de vaidade.

Ela solta um risinho, aprovando.

— Se eu não te contar qual a sua participação, no dia que você descobrir vai cair de costas! E eu tenho que te contar, porque sou eu que quero ver a sua cara.

Ela se diverte, apesar de uma pequena preocupação passar por seu rosto e Suiroshi não deixar de perceber.

— O que foi agora, Suy-y? Desembucha logo. Não tem mais graça. Você é tão rica e nobre... Não precisa de nada disso.

— Suiroshi... você não percebeu, mas eu movimento a sua conta no Brasil como se fosse você. Fiz isso por alguns anos.

— Você o quê?! Vai me dizer que me roubou também? — pergunta ele à queima-roupa, retumbando seu barítono, e ela o apazigua com gestos impacientes da mão, pedindo que baixe o tom.

Levantando-se no banco, ela se senta com as costas bem eretas e o olha de frente.

— Eu nunca furtaria um centavo seu. E essa movimentação foi uma das pontes que eu queimei. Não tenho mais acesso, nenhum caminho que me leve à América. Eu inclusive dificultei, para não dizer que impossibilitei, novos acessos meus. Daria tanto trabalho reabrir esse sistema que eu não teria coragem nem de tentar. É sério, acabou.

— Acho bom.

Ele se fecha, olhando para o outro lado.

Era só o que faltava, trabalhar feito um louco, viver em um cubículo, poupar para enviar dinheiro para casa, e descobrir que não tem mais nada!

Apanha a mochila velha emprestada de Ken esquecida ao seu lado e a vasculha até encontrar guardanapos limpos que sobraram do último lanche que fez na rua. Faz um chumaço de papel absorvente e o enfia por dentro da calça para se secar. Suyen não reage a isso, sempre olhando para ele com seu sorriso inabalável.

— Essa parte do plano é a mais genial! Prepare-se, moço bonito da capa da revista. Ai... fico imaginando o que diriam todas aquelas meninas apaixonadas se te vissem agora, fazendo isso aí!

— Eu estou muito bravo, Suy-y... — Ele ajeita o jeans, faz uma bola do papel amassado e o joga de volta dentro da mochila. — O que mais você aprontou para me incriminar?

— Para te incriminar nada mesmo! Pelo contrário, eu fui da mais resplandecente competência para isso jamais acontecer. Eu criei contratos milionários de modelo e ator, e foram campanhas publicitárias deslumbrantes. É como se você fosse uma grande celebridade no Japão. Todos os centavos coletados das empresas fraudulentas foram integralmente depositados no *seu* nome. Tudo documentado, legal e declarado! É dinheiro limpo e está lá na sua conta.

— O quê...?!

Suiroshi sente um calafrio. Dinheiro roubado em sua conta. Encara a diabólica garota da elite japonesa. Como pode ele, um *tupiniquim*, estar dividindo sua vida com alguém que, definitivamente, nunca poderia ser para o seu bico?

— Suiroshi, não se preocupa. Olha a sua cara!

Suyen desata a rir, igual fazia no começo do namoro, quando ele contava piadas e lhe fazia cócegas. Ele sente uma nostalgia breve e começa a ficar triste de novo.

De repente ela lhe diz, bem baixinho:

— *Eu* consegui fazer tudo isso! Não existe no mundo alguém que possa descobrir que você não ganhou cada um daqueles centavos com contratos legais do uso de sua imagem. E está tudo em uma aplicação especial e sigilosa. Assim, mesmo sua conta sendo periodicamente verificada por seu pai, a aplicação não fica visível para ele. É privada, sua e só sua.

Suiroshi se lembra da quantidade de revistas e DVDs e pôsteres coletados para levar de presente para sua mãe. É tudo real. Aparições na TV, desfiles, campanhas caras, *paparazzi* em eventos das famílias mais ricas do Japão. Tudo real.

— Por que, Suy-y, sujar meu passado? Eu não mereço afundar num caixão de ouro.

Ela revira os olhos, achando um exagero poético da parte dele. E Suiroshi fala baixo, de forma bem contida e clara:

— Vou devolver isso tudo.

— Não vai. Não pode. Não tem para quem devolver.

Ela continua rindo, mas sem a mesma alegria de antes. Ele não relaxa, não curte, é irremediavelmente honesto, que coisa chata.

— Vou devolver para você.

— Não pode me devolver o que nunca foi meu. Para mim, aquele dinheiro não existe. Já tenho o meu, e sou herdeira de um império que chega a ser indecoroso.

— E o seu parceiro tatuado?

— Desde o começo ele soube que não veríamos a cor de um só centavo daqueles, e ele na verdade não sabe o montante que eu consegui arrecadar. Eu nunca quis abrir tudo a ele, porque já compartilhamos outros trabalhos. Ele tem projeto cujo rendimento é só dele, e eu tenho projeto com ganho só meu. E depois, esse projeto intermediário é só seu...Olha, ele é mais rico do que eu. Nunca teve a ver com necessidade de dinheiro para nenhum de nós.

— E eu necessitava, por acaso? Você me acha um mendigo? Acha que eu sou um subdesenvolvido do terceiro mundo, que precisa de dinheiro a qualquer custo e qualquer dinheiro?

Suyen olha para frente, cabeça erguida, orgulhosa.

— Quando eu te escolhi naqueles corredores, eu nem sabia que você não era japonês de nascença, Takeda-sama. E você é japonês legítimo, sim, de pai e mãe. Só não nasceu no Japão! Eu apenas achei você o garoto mais bonito que eu já tinha visto e senti que tinha que ser você o meu projeto. E quando descobri que você tinha vínculo em outro país, te achei ainda mais adequado, porque poderia ousar muito mais. E você poderia ser de qualquer outro país do mundo, não estou sendo preconceituosa com a sua nacionalidade em especial. Eu pesquisei o que é o Brasil. Isso me interessava muito, fazia parte de tudo. Eu não sou uma idiota que acha que lá você vivia no meio de macacos, na selva. Mesmo a sua alegria sendo meio parecida com a do Tarzan às vezes...

Por impulso, Suiroshi dá um encontrão com o ombro no ombro dela. Pega de surpresa, Suyen quase cai do banco e volta a rir. Até ele ri um pouco, todo sem graça, e se desculpa. Precisa parar de empurrar as pessoas.

— Se vamos passar a brigar de socos e pontapés, é bom que estejamos nos despedindo, não acha? — ela pergunta e o deixa mudo.

Suyen meneia a cabeça e revela:

— O que foi feito não será nunca desfeito. Foi um capricho meu, porque eu posso, porque sim, tudo do que você possa me acusar. Eu assumo. Sou mimada. Em tudo que arquitetei para a minha vida, isso foi minha obra-prima. Meu parceiro não concorda com nada. Ele temia que, ao me tornar o Jogador, eu não voltasse mais. Quando você falou aquilo mais cedo sobre o aleijado, ele não me disse, mas eu vi que ficou feliz. Ele não queria que eu tivesse essa experiência como a primeira, prefere que outros joguem primeiro. Porque não existe garantia nem um prazo. Ele podia ser a parte de mim aqui fora, mas não queria que eu ficasse tempo demais lá, sem garantia de sair viva. Já quando houver novo contrato, será mais seguro. Nisso discordamos. Eu não queria ser o segundo ou terceiro *lifegamer*, por mais que seja mais seguro. Para mim, não ser a primeira escolhida é um tanto frustrante.

Ela divaga mais para si. Suiroshi não gosta de falar nisso nem com Ken, e definitivamente não vai falar com ela. Só respira fundo colocando os pés na ponta do banco e abraça os joelhos.

— Eu posso simplesmente sacar e usar esse dinheiro quando voltar para casa? Eu não posso. Preciso te devolver, Suyen. Quero voltar limpo.

— *Não!* — Ela solta um grito. — Você não vai devolver. É seu para fazer o que quiser fora do Japão. Pode fazer algo nobre. Mas seja inteligente: faz algo discreto. Anonimamente. Sem sua cara linda na placa. São as ações mais valorizadas quando a informação vaza.

Ela encara o futuro ex-namorado com uma espécie de tristeza indecifrável.

— Seja inteligente, porque nada pode ligar esse dinheiro a mim. Se você chamar atenção para o fato de ele não ser dos seus contratos como artista, vai se complicar além do necessário para explicar a origem. Nem você sabe de onde vem, não existe nenhuma evidência em nenhum lugar do mundo. Não existe nenhuma prova, nem mesmo remota, das origens verdadeiras.

— Por que tudo isso, Suyen? O que não está me contando?

Ela mais uma vez empertiga a coluna e olha a escuridão do parque adiante.

— Faz anos que me preparo para o Jogo. Você não sabe de nada. Provavelmente o seu amigo cadeirante também está nessa desde antes de te conhecer. Não há mais de quatro de nós nesse nível e com essa potencialidade. Ele não inventou essa viagem contigo até São Paulo para desaparecer no processo e apagar seus vestígios, para entrar no projeto? Nós dois temos o mesmo álibi. Eu também planejei desaparecer na sua volta à América. Eu sei quando você vai voltar. Tenho todos os seus dados. Para todos os efeitos, estaria com você. Todos acreditariam. Durante toda a fase que eu ficasse no projeto, até minha mãe pensaria que estava ao seu lado em São Paulo. Então você tinha que ser um artista rico, caso eu montasse algumas aparições virtuais nossas no Brasil. De toda essa história manipulada, alguma coisa tinha que ser real. A sua grana! Eu não viveria um romance tropical com um pobretão! Cheguei até a pensar na simulação de um casamento e de renegar minha família para ninguém ir atrás de mim, fechados no orgulho e impossibilitados de se rebaixarem.

Suiroshi está chocado e sai andando meio a esmo, na direção que o levará para fora do parque, enquanto ajeita as alças da mochila. Depois de dois minutos caminhando, uma mão agarra fortemente seu braço e o faz se voltar.

– Suiroshi!

Há lágrimas de raiva nos olhos de Suyen. Não é a festa que ela havia programado, com ele festejando sua genialidade.

– Não existe nada nesse mundo que não acarrete consequências! Suyen, você me transformou num ladrão, e depois quem sabe num sequestrador!

– Sequestrador?

– Claro! Eu terei te levado embora, e aí você vai sumir. Eu nunca gostei que você fosse uma ladra, mas da sua vida cuida você e eu não tinha nada a ver com isso. Agora, saber que eu tenho dinheiro de contratos que eu nunca trabalhei e de marketing que eu nunca fiz! Com tanto modelo lá se acabando em esforços diários por uma campanha...

– E daí? Não faz drama, ninguém saiu perdendo nada. Estamos falando de centavos arrecadados durante anos! É uma coisa muito diluída.

— Que diferença faz se foi diluído durante anos? Não trabalhei honestamente por eles.

— Ninguém que ganha na loteria trabalhou honestamente. Ninguém que ganha herança trabalhou honestamente. Você está bravo. Vai embora e acalma sua cabeça. Ainda vai ver que foi o crime perfeito! Foi limpo.

— Tão perfeito e tão limpo que você não quer devolução!

A teimosia de Suiroshi começa a irritar Suyen de verdade. Ele não é mais engraçado.

— Nós não podemos pegar de volta. Já temos dinheiro demais, e não é fácil fazer com que tudo fique legalizado.

Ela fala com muita propriedade o termo *nós* quando fala de sua associação de lavagem de dinheiro com o tatuado taciturno.

Suiroshi fala baixo, apesar de ter vontade de gritar:

— Dá muito mais trabalho limpar do que roubar, pelo visto.

— Tudo dá muito trabalho, por isso eu faço! Nada do que eu fiz até hoje foi pelo dinheiro. Ele é só um bônus. E eu te escolhi para ganhar esse presente, só precisando que você seja discreto, meu caro. Porque o equilíbrio de tudo é bem frágil. — Suyen disfarça sua ferocidade para não chamar atenção, mesmo que ninguém esteja vendo. — Nada que está lá, no seu nome, pode ser ligado a mim. Se você não souber lidar com isso, são pessoas ainda mais inocentes que vão responder por crimes de falsidade e desvio de dinheiro.

Suiroshi faz um gesto vago de interrogação. Ela prossegue, triunfante:

— Sim, senhor! Documentos assinados por empresas, agências, famílias e TVs contratantes, tudo com contratos nominais. Se um daqueles centavos for declarado ilegal, você coloca na cadeia pais de família que estão confortáveis em suas vidas honradas. Os comprovantes e os empregadores não são fantasmas! É tudo de verdade. Eu vou embora do Japão ao lado de um artista rico. E quando voltar terei muita história para contar. Se voltar.

Suiroshi sai de perto dela, afastando-se um passo, respirando fundo. Sua cabeça roda com a complexidade do que está acontecendo.

Suyen é muito perigosa. O brutamontes tatuado também. E eles não serão incriminados. Criaram uma rede de proteção em torno de si com pessoas reais que ele jamais ousaria ferir.

Além do fato de ter acontecido um roubo, Suiroshi salienta para si mesmo a capacidade de Suyen de mudar a realidade, de criar documentos legais, de inventar outro mundo, outra dimensão. Se ela se enfurecer mais contra ele, ela pode fazer com que ele deixe de existir, assim como fez com que ele existisse além de si mesmo profissionalmente.

Ele está de mãos atadas mesmo. Fim da linha.

Fodido por fodido, truco!

Deixando pender os ombros, Suiroshi conclui que, se ela realizou todas as transações até limpar o dinheiro, ele talvez possa viver com isso. Quando estiver no Brasil, poderá comprar uma moto com ele, e se matar no trânsito.

Arrisca:

— Mas tudo mudou. Hayashi Ken venceu. E ele também está planejando ir comigo para a América e desaparecer no ar.

O sorriso gélido dela faz a espinha de Suiroshi congelar. Suyen parece ter em seu poder todas as variantes. Deve ter, afinal é um planejamento de anos.

— Cartas na manga. Não temos uma data para as coisas acontecerem. Posso esperar.

Suiroshi respira fundo e aperta a nuca com os dedos. Não funciona para aliviar, e ainda demonstra seu desespero.

— De quanto estamos falando?

— Em reais?

— É a unidade monetária em que ele está convertido, não é?

E Suyen sorri, antevendo que ele começa a ser seduzido, passado o susto.

E fala bem baixinho, mas claramente, com movimentos amplos da boca de lábios carnudos:

— Passou de cento e setenta milhões de reais.

Suiroshi sente as pernas amolecerem. Fica sem fôlego, a sensação de montanha-russa nos órgãos internos.

— Cento e setenta... milhões... C... Como eu teria um cachê desses? Eu não sou o Tom Cruise!

— Feliz aniversário atrasado! — ela grita e pula ao seu pescoço, rodopiando pelo caminho, as copas das árvores filtrando a luz da lua sobre suas cabeças despenteadas com o mesmo corte de cabelo.

Suiroshi fala alto:

— Está perdoada por não ter ido ao meu aniversário. Você já ganhou. Você é o Jogador, Okada Suyen.

É o maior reconhecimento que Suyen podia ter recebido.

Ela faz uma reverência e caminha ao seu lado, na direção do prédio. Suiroshi fica pensando se estão ou não rompendo. Apenas não consegue perguntar. Ainda espera que ela vá embora, mas vão lado a lado em direção às escadas, depois de ele passar pelo hall e recuperar o celular que o esperava na caixa de correspondência.

5

Quando começou a ficar famoso, Suiroshi virou um namorador. Essa fase não durou, pois Suyen já esperava por sua vez pacientemente, como pescador que dá linha ao peixe, com o anzol já bem fincado em sua boca. Seus anzóis eram os equipamentos para jogos on-line, e aos poucos ela foi se infiltrando em seu apartamento, cada dia mais, até que começou a pernoitar, até que passaram para outros jogos, com os computadores desligados.

Foi gradual, sim, mas perceptível, e ele permitiu cada um dos seus avanços de forma consciente.

Ela decidiu que ele iria se fixar em Chiba após pegar seu diploma na mão e ter o mundo todo à sua frente. É a terra de sua mãe, é, sim, onde ele se sente em casa, mas lá, naquele momento, poderia ter tomado outro rumo. Suyen é dona de Chiba, e ela o queria ali, talvez como o bobo da sua corte, papel que ele desempenhou também de forma consciente.

Enchendo os pulmões, Suiroshi conclui que sempre foi muito acomodado. Isso o deixa nervoso. É a *sua* vida!

Olha para ela, subindo os degraus despreocupadamente ao seu lado. O que está pensando? Qual será o seu ponto de vista, e as suas conclusões finais?

Sua cabeça precisa se ocupar com mais preparativos para a viagem de volta, a apreensão sobre o novo, a imediata busca de um lugar para morar, porque não vai conseguir ficar muitos dias na casa da família, no seu quartinho de criança, com papel de parede decorado com bolas de basquete. Sobretudo não pode ficar muitos dias para não se acostumar ao conforto de ser cuidado, de chegar e ter comida feita, tudo limpo, bate-papo garantido, risos, aconchego. Se ficar muitos dias, nunca mais irá querer ir embora para a solidão! Solteiros que não saem da casa dos pais ficam cada vez mais dependentes.

Entram no apartamento e tiram os sapatos. Suiroshi não acende a luz. O espaço é exíguo. Tira a camisa e a pendura no cabideiro ao lado da porta, indo sem cerimônia para o banheiro. Toma uma rápida chuveirada como se estivesse sozinho. Na manhã seguinte, pensa em se levantar cedo e passar o dia no Parque de Chiba. Um pouco de ar puro e exercícios será muito bom. Não agendaram nada, mas não é necessário. O pessoal da fábrica sempre vai para lá aos domingos para praticar algum esporte e fazer churrasco, quando o clima permite. A previsão é animadora. Não vai chover.

Está tudo quieto, Suyen deve ter ido embora enquanto ele estava no banho. Ficou uma pendência. Terão que conversar ainda? Seu namoro sempre foi esquisito. O rompimento está sendo esquisito também. Ele não sabe como fazer isso. Não estão brigados. Apenas cansados demais.

Veste um moletom puído, já sem cor definida, que se converteu em pijama alguns anos atrás. Entra na minúscula cozinha para tomar um copo de água antes de se jogar na cama. Visualiza a manhã seguinte ao ar livre, fotografando o dia, o sol nas árvores, o churrasco suculento, os colegas que depois não verá mais.

Acende a luz e leva um susto tão grande que dá um grito. Segura-se na beira da pia.

— *Suyen!* Como consegue ser tão silenciosa? Vai me matar qualquer hora.

Ela continua parada, olhando para ele de forma que o deixa desconfortável. Espera ela se manifestar, porque não entende sua presença ali. Não dá nenhuma pista de que gostaria de reatar, e sua carranca também não é convidativa. Parecem dois fantasmas pálidos na cozinha. Bem, parece que chegou o momento: agora vão cuspir as mágoas.

— Suiroshi, já faz tempo demais que você usa os *meus* computadores.

Ênfase no "meus".

Como se estivesse na montanha-russa de novo, ele sente o estômago se desprender do lugar habitual e flutuar, junto com a água recém-ingerida. De um salto, Suiroshi entra na pequena sala e bate a mão no interruptor. A luz seca que lava o cômodo traduz imediatamente o que Suyen acaba de dizer. Removida cirurgicamente durante a tarde, sem deixar nem um traço de que um dia esteve ali, toda a sua estação de trabalho e jogos, sistema de som e TV e tudo o mais que meramente lembrasse eletrônicos e processadores. A estante e a escrivaninha contam agora com alguns livros e mangás, só os que ela não achou que valia a pena levar embora. Porém, sumiu sua coleção completa do mangá do *Naruto Clássico*, e do *Shippuden*, e as figuras de resina de todos os personagens de anime de que ele gosta, e sua belíssima máscara felina Anbu! Coleções completas levadas embora! Tudo pelo que ele pagaria o quanto fosse necessário para embarcar na viagem como volumes a mais. Agora, nem poeira nas prateleiras.

Ele abre a boca, sem som. Os olhos estão muito redondos. Lembra-se que tudo foi presente dela. Mas que espécie de *ex* mais mesquinha pega os presentes de volta?

— Onde...?

— Já instalei em outro lugar. — Suiroshi ouve a voz dela, impassível, na cozinha.

Respira fundo, tentando conter a fúria. Ela tem razão em uma coisa, cada item ali foi instalado por ela. Era uma instalação profissional de diversão, trabalho e jogos de última geração. Em pouco tempo, toda a sua velharia foi substituída por brinquedos caros e incríveis. Ele não tem o direito de reclamar. Dói muito, de qualquer forma. Mais um buraco para sua coleção de *pequenos que fazem um grande*. E aquela coleção não é um pequeno, não é um detalhe.

Quem é essa megera? Vencedora de torneios mundiais com o codinome Orochimaru ao custo de ficar quarenta e oito, cinquenta horas on-line. Sem desconectar. Sem comer, sem ir ao banheiro... A cena no banheiro...

Ele não consegue superar isso.

— Facilitando sua vida — fala ela de forma plana, quase sem emoção a não ser por uma leve pitada de tédio proposital. — Na mudança, você não ia levar mesmo. Se desmontasse toda a estação, nunca mais conseguiria reiniciar.

— Tudo do *Naruto*... — Ele quase choraminga.

— Eu sei.

Então é o rompimento efetivo. Com direito à mágoa e divisão injusta dos espólios. Estão separados pela fina parede interna que leva à minúscula cozinha. Apenas um passo e ele se coloca na frente dela de novo. E Suyen permanece na mesma posição, a cabeça levemente pendida para o lado, o olhar difícil de decifrar. Ele sente o estômago tremer e mais músculos de seu corpo estão em espasmos nervosos.

— Se não estivesse aqui, ainda assim eu ia saber que foi você que levou tudo. Se não quisesse, não precisava subir. O que você ainda quer conversar que não falou lá embaixo? Ou veio só aproveitar bem a minha cara de quem perdeu tudo e vai começar a chorar?

— Você não vai chorar pelos *meus* computadores. E tudo que eu te dei de presente descobri que queria. Você nunca foi de se lamentar. Está patético.

— Você nunca esteve na casa de um cara que acabou de ver tudo simplesmente desaparecer? E meu mangá e as figuras?

— Indenização.

Suiroshi arregala os olhos, pasmo.

Ela prossegue:

— Por mim ficamos quites. Você não me deve mais nada.

Como? Ela não tem noção de valores? Quites? Ele está livre dela, e ela, dele?

— Até onde eu sei, estou sem minhas coleções e não tenho nenhum comprovante de meus milhões no Brasil.

— Terá que confiar em mim.

Ele fica inerte, a respiração vai se intensificando. Tem coisa demais passando pela cabeça, muita informação revirando-o ao avesso.

Ken irá entrar na máquina.

Suyen está livre.

Ele está rico...

— Suiroshi, não me olha assim!

Suyen o conhece, percebe quando alguma chave insana é girada em seu ex-namorado: ele é bem simples de decifrar. Ela está lisonjeada, mas ao mesmo tempo fica brava: o momento dessa reação já passou. Errou, Sr. Takeda.

— É sério, Suiroshi, não me olha assim!

— Desculpe se eu sou homem. Pode o mundo estar acabando numa hecatombe, homem sempre consegue pensar besteira e ficar duro. Queria te comer de novo.

— *Babaca.*

Ela gosta de falar "babaca", por ser parecido com "baka", algo como "idiota" em japonês. Muitas vezes o xinga assim, "baka", "babaca".

— Muito bem, Suiroshi. Já faz tempo que eu devia ter ido embora da sua vida. Mas faltava te contar sobre o seu retorno em grande estilo. E eu sou justa. Também vim aqui te agradecer pela informação sobre a identidade do Jogador. Se eu não consegui coletar esse dado, ele realmente não poderia ser encontrado em nenhum lugar desse planeta. E você o entregou. Bem, vejo o quanto você não sabe com o que está lidando. Vá embora com seus milhões. É mais do que o bastante para você nos esquecer e nunca, jamais, falar uma palavra sobre isso. Há coisas que precisam permanecer na esfera da mitologia.

Suiroshi fica um momento olhando para Suyen. Que mulher direta! Onde estará a sutileza dela? E o mistério feminino? Mais clara e objetiva que isso só se ela sacar um revólver e o executar ali, no meio da cozinha.

— Suyen...

— Esquece sobre tudo o que aconteceu aqui. Você não está livre do perigo, Suiroshi. Vai depender de sua discrição. Adeus.

Suiroshi sente-se doente. Desde o começo foi perigoso, mas isso é ridículo.

Vê Suyen sair do apartamento. Imagina que a vê pela última vez. Uma coleção de imagens dela, em centenas de momentos bons e maus, desfilam em sua memória.

Por que todo mundo que se separa fica nesse jogo de achar culpados, de atirar pedras, de tirar do outro aquilo de que ele mais gosta? Por que Suiroshi foi se meter com as pessoas mais poderosas de Chiba? Por acaso imaginou que isso não ia dar merda?

Olha para o relógio na tela do celular. São os últimos minutos do sábado.

Que o domingo seja mais benevolente, Pai!

Suiroshi se deita e fica olhando para o teto, sentindo o sono chegar. Ele vê uma cena, e não sabe se está sonhando ou se lembrando. Vê Ken e Kimiko indo na direção do estacionamento, envoltos pela fumaça do cigarro de Ken. Suiroshi sorri para si, mas é um sorriso bem triste. Eles vivem uma relação que iria além da amizade se não fosse pela saúde de Ken.

Por serem tão amigos, Ken lhe confessou sua condição, e foi um dos momentos mais difíceis da vida de Suiroshi. Ele ficou revoltado, enquanto Ken era bastante controlado sobre isso.

Essa conversa franca se deu diante das telas do computador, com *joysticks* nas mãos, arrebentando num campeonato de guerra que durou um sábado e um domingo inteiros, Suiroshi com tanta dor no corpo que antecipava cada nova dose de analgésico, não podendo esperar dar o horário.

O mais discretamente possível, perguntou a Ken qual era o lance entre ele e a Kimiko. Porque era evidente que havia alguma coisa entre eles.

— *Alguma coisa*, e nada além. Na verdade, não chega nem a isso.

Pelo seu tom, Suiroshi sentiu o sinal vermelho e não falou mais nada. Mas Ken deu de ombros, não tirou os bonitos olhos da tela, e falou com a cara torta, o cigarro pendurado no canto dos lábios:

— Eu tenho muita sorte de não precisar de fraldas. Só de controlar minhas funções no banheiro já me dou por feliz. Eu sou um homem independente, estou sempre limpo e cheiroso. Eu sou inteligente, trabalho duro, me sustento e ainda ajudo a casa de repouso onde meu avô vive. Estou bem assim.

Suiroshi não respondeu. A batalha foi sangrenta e até mudarem de fase ficaram compenetrados. Ken voltou a falar de onde havia parado, com outro cigarro pendurado no canto dos lábios. Ele deve ter resolvido falar tudo de uma vez, para que nunca mais tocassem no assunto. E nunca mais tocaram.

— Eu fiz exames, fui a vários especialistas pelo país. Não tenho função sexual. Não é que eu me retorça de desejo e frustração pela impossibilidade. Eu não sinto nada, minha lesão já era avançada antes da puberdade. Mal sei explicar como minha mente consegue conceber estímulos que meu corpo nunca experimentou.

Se saber disso já enfureceu Suiroshi pela injustiça da situação, o que Ken falou depois definitivamente tirou o seu foco, e ele perdeu todos os jogos seguintes.

— Eu amo a Kimiko. Mas não a desejo. Nunca poderia sequer receber um beijo dela. Ela tentou. Mas não tem como se enganar. Não tem como. — Ken respirou fundo. Sua voz baixou um tom. — Eu descobri que eu a amo... da mesma forma que te amo. São meus amigos. Mas não quero ser tocado por nenhum de vocês, porque isso, sim, me frustraria, porque não existe resposta.

Isso era uma solidão que Suiroshi não conseguia suportar.

— Então não poderia ter um relacionamento nem com uma mulher e nem com um homem.

Após um breve silêncio, Ken começou a rir do comentário de Suiroshi, e seu riso virou boas gargalhadas. Suiroshi quis saber o que era tão engraçado. Começou a rir também, contagiado, mesmo antes de Ken contar. E ele contou:

— Relação com homem? Tenho um imenso orgulho de meu amiguinho ali embaixo. Para as outras pessoas, estragar algumas válvulas não parece nada humilhante. Mas para mim... — E ele enxugou as lágrimas de riso. — É uma questão de sobrevivência!

Ken respirou fundo quando acabaram o jogo, e olhou profundamente nos olhos de Suiroshi. Foi nesse momento que confessou a sua grande estratégia a médio prazo:

— Estou cadastrado em uma empresa de tecnologia avançada. É sigiloso, nada é garantido, mas eu vou aceitar os termos...

Suiroshi se sentiu fisgado. Encarou o amigo e esperou pela revelação.

— Poderá ser uma opção. Implantes para realidade virtual. Realidade aumentada. Vão conseguir conexão com meus neurônios. Vou poder viver tudo. Tudo! Mesmo sendo só dentro da minha cabeça. E se eu receber dinheiro para isso, porque vou receber, e muito, eu vou abdicar dessa vida aqui fora.

— Como?

— Pensa, Suiroshi! Eu vivo como uma sardinha enlatada. Que diferença faz se quiserem abrir minha cabeça, implantar coisas, e eu virar um vegetal de cérebro hiperativado? Já não é praticamente o que eu sou?

Suiroshi tenta afastar as imagens de seu amigo conectado a eletrodos, definhando em um cubículo estéril, utilizado até não restar nada.

— O que a Kimiko fala disso?

— Claro que ela não sabe. Mas é uma forma de a libertar e ela viver de forma decente. Não me venha com essa história de que existe outras formas. Eu te mato se você falar que eu tenho dez dedos e uma língua.

— Eu não ia falar nada disso.

— Acho bom. A proximidade dela começou a me incomodar. Eu fiquei com raiva quando a imagem de vocês dois juntos começou a me passar pela cabeça. Fiquei com muita raiva, porque eu queria isso. Eu queria que você desse a ela o que eu não dou. Mas isso é doente.

O horror ainda toma Suiroshi às vezes ao simples pensamento. Ele jamais tocaria em um fio de cabelo de Kimiko, jamais!

Depois desse dia, eles passaram a se esmurrar mais ainda. E a proximidade física é essa, e ele sente que Ken é grato por isso. Pois é o que ele pode ter com quem ama.

Fecha os olhos com força, tentando dispersar a imagem de Suyen que ainda persiste e a imagem do não casal. Seu amigo, uma garota bacana e uma lesão medular permanente entre eles, a fumaça do cigarro envolvendo-os como um fantasma branco.

De qualquer forma, São Paulo se aproxima... E Suiroshi não estará mais entre eles para saber no que vai dar.

Será um desafio voltar, se habituar à realidade de um país tão diferente, que ficou tão longínquo. Suiroshi terá que reaprender o que já não sabe e aprender o resto.

— Ei, brasileiro!

É assim que o chamam aqui. No Brasil, vão chamá-lo:

— Ei, japonês!

E ele não vai ser nem uma coisa e nem outra. E ele não percebe quando passa da semiconsciência para o sono profundo e às sete horas da manhã o celular o desperta com o tema clássico do *Looney Tunes*, fazendo-o se levantar num sobressalto. Desliga o alarme e espera que seu cérebro e seu corpo acordem, o que fazem em tempos diferentes. Espreguiça-se no pijama puído, e pondera se será uma boa ideia ir ao parque jogar e fazer churrasco com os colegas. Sim! É uma ótima ideia.

Levanta o corpo da cama sem a vitalidade planejada na véspera: apenas consegue se mexer.

Nada é tão ruim que não possa piorar, o santo Murphy já prega. Vamos ver então qual a perda deste dia. Tomara que seja uma da qual se possa fazer boas piadas. Bem, não deixa de estar esperançoso, afinal Suyen lhe fez um favor removendo aquela instalação tecnológica da frente de sua cama. Com um pouco de tempo, vai começar a se sentir menos intoxicado.

Como esperado, mesmo sem ter marcado encontro no Parque de Chiba, alguns vão chegando e no total formam um grupo de nove colegas da fábrica, entre engenheiros e técnicos, sendo seis rapazes e três moças, dentre as quais Kimiko é a mais ousada, vestindo o short mais curto que Suiroshi já viu na vida. Pelos olhares de todos, ninguém nunca viu roupa tão curta. Ela exibe o corpo magro sem problemas, entre atrevida e ingênua, parecendo mais uma pré-adolescente do que a mulher a que todos estão acostumados no dia a dia da fábrica.

Formam dois times com direito a juiz e vão revezando os lugares, para ninguém ser juiz por muito tempo, posição de que ninguém gosta. Uma hora mais tarde, Ken se junta a eles e não se importa de ser o juiz até o fim do jogo. Jogam basquete por quase duas horas e ao fim se aglomeram no quiosque, todos com sede e fome, e se lançam ao churrasco como bons homens das cavernas.

— Suiroshi, estive evitando comentar, mas você está com uma cara destruída hoje — fala Ken, e alguns colegas reiteram, perguntando o que está acontecendo para ele estar tão esmorecido.

Será a virose que anda empestando a tudo nos centros urbanos? Ou perder o emprego o surpreendeu tanto?

Suiroshi pode falar de tanta coisa como sintoma para sua *cara de ontem*, mas genuinamente desabafa sobre um fato privado, o que espanta alguns ex-colegas que pouco sabem de sua vida pessoal:

— Quem aqui já teve uma namorada que quando virou *ex* levou tudo que tinha lhe dado de presente?

— Cara... sua garota é milionária. Deve ter te enchido de presente caro. Se levou tudo, você deve estar uma fera mesmo! — alguém fala, solidário.

Outro acrescenta, brincando um pouco:

— Sem contar que ficar sem ela deve ser um golpe e tanto depois de tantos anos! Eu sei que você é artista e tal, ainda assim nunca mais vai ter uma mulher tão incrível.

— E quem ele estava namorando por anos? — um técnico pergunta com a boca cheia, perdido no assunto.

— A Srta. Okada!

O técnico engasga:

— A dona de Chiba? Mentira! Você, Takeda? Uau...

— Em que mundo você vive? Nunca viu as fotos deles dois nas revistas? — Yoko revela ao colega pasmo: — Fizeram até uma campanha internacional na Vogue. E foi a mais bonita que eu já vi.

— Que deselegante da parte dela. — Kimiko não se conforma. — Mas o que essa mão de vaca te deu e depois catou de volta?

— Todos os computadores. Tudo do *Naruto*, as coleções completas de tudo que um dia já foi produzido. Figuras, mangás, bonecos, máscaras, acessórios, jogos...

— Tudo? — grita Ken, quase pulando da cadeira. — Até a Tsunade?

Ken faz um gesto com ambas as mãos, indicando seios bem grandes. Suiroshi fecha os olhos com força, consternado:

— Tudo.

Eles se olham por um instante. Ken meneia a cabeça.

— Agora eu sei por que está com essa cara. As mulheres são cruéis.

Na hora do rateio, como presente de despedida, não cobram de Suiroshi.

— Esse é o primeiro fim de semana em que o Sr. Takeda já não trabalha mais com a gente. Vai passar no escritório para assinar uns papéis. E como ele só vai passar pelo RH, não vai nos encontrar mais.

Então é isso. É sua última vez. Suiroshi suspira, concordando com a cabeça. Yuri sempre assume uma postura de liderança na churrasqueira e agora ergue um brinde a Suiroshi. Todos vão bater suas garrafas e copos na base de sua garrafa.

— Pessoal, tenho uma notícia. — Ken começa com a boca cheia. — Vamos juntos para o Brasil. Eu já peguei férias e o país tropical nos espera.

— Seu metido! — grita Kimiko, e alguns dão uma risada. — Vai ficar insuportável se gabando quando voltar todo bronzeado.

Mas você vai voltar, então pode pagar a sua parte; só o Suiroshi está se despedindo.

Kimiko vem para perto de onde estão sentados e passa o guardanapo nos lábios antes de dar um beijo na face de Suiroshi e ele encolhe um pouco os ombros. Um colega o acotovela, alguns falam palavras de incentivo para sua próxima etapa. Yoko bebe um gole da cerveja no gargalo e o aponta com a garrafa.

— Suiroshi, você é o responsável pelo nosso encontro semanal nesse parque. Você nos ensinou a socializar com os colegas. Isso é algo que você vai nos deixar de legado, porque é uma tradição que criamos e não vamos deixar acabar. Antes éramos muito reservados e não existia amizade na empresa. Espero que tenhamos contribuído com algo para sua vida também, numa troca cultural.

Todos os pares de olhos se fixam em Suiroshi, esperando seu pronunciamento. Ele engole em seco. Não tem discurso preparado. Fica um pouco emocionado por ser reconhecido.

A maioria deles é solitária, mas tem algum parente por perto se precisar, e não se dá conta de como pode fazer tanta falta. E eles se juntam a cada sete dias, mas na superfície de suas mentes eles ainda não sabem que a solidão os está matando.

O Japão tem famílias cada vez menores; essa avalanche de solteiros esquisitos, dos quais Suiroshi não quer fazer parte, mas isso é inevitável, porque é exatamente o que ele sente ser.

Enche os pulmões para lhes falar:

— Um conjunto de pequenos forma um grande. Nossos pequenos esforços fizeram nosso encontro ser o que é hoje. E eu levo não uma lembrança ou um presente. Eu volto para o Brasil um homem feito. Cheguei aqui um menino, e tudo que levo em mim eu aprendi e recebi desse país, e de vocês. Cada um de vocês tem um detalhe em mim, que me faz grande.

Os colegas o aplaudem, e ele começa a rir, envergonhado de a espontaneidade ter dado certo. Yuri Matsumoto aprova o discurso e lhe pergunta:

— Brasileiro, nos conte por que precisa voltar para casa. Não parecia estar nos seus planos.

— Aconteceu naturalmente, Matsumoto. Foi quando descobri que ia ser desligado da Fujitsu. — Suiroshi não comenta sobre sua atual situação de saúde. É desnecessário que mais alguém saiba de sua duvidosa dor crônica imaginária. — Ficar aqui sem emprego não é nada bom. Parecia a atitude óbvia a se tomar. Por isso está decidido. Vou voltar mesmo. Depois de dez anos.

— Depois de dez anos? Já faz isso tudo?

— Vai sofrer... Você é muito japonês para viver em outro lugar que não aqui.

— Você vai acabar voltando.

— Sem contar que aqui tem meninas dando gritinhos quando você passa.

Eles riem, falando bobagens ao mesmo tempo. Suiroshi dá de ombros.

— Agora é só passar os últimos dias.

O burburinho vai se distanciando da superfície de sua consciência, Suiroshi se sentindo aos poucos afundando numa onda de emoção que não sabe identificar. Não esperava que lhe fizessem uma festa de bota-fora. Ganha três presentes. A consideração dos colegas aquece um pouco seu coração e desacelera a urgência que começava a sentir para fugir de Chiba. Mas antes ele fugisse...

No fim da tarde, com o sol já se colorindo de vermelho, vão se despedindo depois de caminharem até o estacionamento. Quatro colegas que vieram de moto se despedem e vão para o estacionamento das motos. Enquanto o restante ainda guarda as coisas nos porta-malas, eles passam com seus capacetes, buzinam e acenam ganhando a rua e se vão.

Ken, que não tem apetrechos de churrasco ou bolas de basquete, é o primeiro a se acomodar em seu pequeno carro adaptado. Ele procura por algo no porta-luvas, e da janela do carro acena chamando Suiroshi. Está sorrindo de lado quando Suiroshi chega ao seu alcance. Ken estende o braço, e Suiroshi apanha o pequeno objeto que ele lhe oferece. É uma pequena figura colecionável em resina, mostrando a Princesa Tsunade da Folha com seu par de peitos memoráveis no decote generoso. Eles não falam nada, mas soltam uma boa risada.

Esse pequeno brinquedo, sim, é coisa de fã: por ser tão pequeno, é para levar consigo feito um amuleto!

Suiroshi lhe dá um soco no ombro e volta para o grupo, sem contar o que ganhou, escondendo a bonequinha peituda no bolso.

Ken Hayashi dirige lentamente para a saída do parque, obedecendo ao limite de velocidade dentro do estacionamento e acenando para o grupo, que ainda não se desfez.

Suiroshi, Yuri, Kimiko e Yoko retribuem seu aceno e ficam por um momento olhando seu silencioso carro elétrico a deslizar mansamente pela rua.

Nenhum deles consegue decifrar ao certo o que acontece em seguida, porque acontece muito rápido. Não sabem dizer de onde surge a enorme perua SUV de vidros escuros, em uma velocidade indescritível. Apenas olham de longe a batida violenta e ouvem o barulho estilhaçado rasgando o ar.

6

O carro pequeno e frágil de Ken é moído em uma fração de segundo. Assim como Ken.

Os quatro ao mesmo tempo gritam em uníssono.

Suiroshi e Yuri correm na direção do acidente, largando tudo para trás. As duas engenheiras ficam petrificadas e suas pernas não se movem, elas apenas gritam.

Kimiko cobre os olhos com ambas as mãos e seus gritos roucos cortam o ar. A realidade se distancia em uma velocidade que rodopia ao seu redor e ela fica zonza. Ela se ajoelha ao lado de Yoko, com medo de olhar para frente, e desaba, acabando sentada do lado da colega. Yoko está com as mãos tão trêmulas e quase derruba o celular duas vezes enquanto efetua a ligação para a emergência. Na empresa, ela é parte da brigada, treinada a em qualquer situação emergencial tomar maquinalmente as primeiras medidas. Nenhuma dinâmica de treinamento, no entanto, prepara a pessoa para o fluxo de adrenalina, apenas para a ação. E ela se perde nas palavras. Se o socorro vem depressa, é mais por conta dos dispositivos de rastreio do celular.

A SUV consegue se desvencilhar do carrinho de Ken e acelera ainda mais, fugindo da cena. Desaparece com a mesma velocidade que surgiu, apesar das avarias. No momento, nenhum deles nota que o veículo não tem placas, pois nada importa a não ser Ken Hayashi. É um carro alterado, provavelmente sem rastreio.

O carro para cometer um crime, e não para se envolver em um acidente.

Suiroshi corre, desesperado, até o carro e agarra a porta do lado do passageiro. Está emperrada. A batida foi em cheio na porta do motorista, afundando tudo de forma inimaginável. Suiroshi está paralisado quando Yuri chega ao seu lado. É como se o tempo tivesse parado. Ouve ao longe os gritos das duas colegas. E ouve um outro som, um choro grave, um profundo lamento que demora a perceber que sai de sua garganta.

Ken respira devagar e permanece imóvel, sem olhar para nada, provavelmente em profundo choque. Seus amigos não podem fazer nada.

Quando surge, a sirene da ambulância é mais bela que mil sinfonias! Sentem-se salvos.

O socorro chega em minutos, mesmo que o tempo não pareça fazer diferença para nenhum deles. Ken, Suiroshi e Yuri ficam inertes enquanto os experientes socorristas tomam conta da situação como formigas treinadas que não param diante de nenhum obstáculo. Não é como uma lata de sardinha sendo aberta; a coisa é mais grave, e instrumentos de corte e serra são usados com precisão e rapidez diante do estarrecimento deles. Ken é colocado na maca, e, assim como seu corpo gravemente ferido não tem movimento, seu rosto também não demonstra nenhum sentimento.

Suiroshi tenta rezar, pedindo que ele não esteja com dor, mas se perde na primeira palavra, e fica a repetir: *Pai... Pai... Pai!*

E não encontra nada além para clamar.

O enfermeiro avisa que encontrou a carteira do acidentado com documentos e isso basta para darem a partida e fecharem as portas. Em pouco tempo, a ambulância parte a alta velocidade, não há tempo a perder com os amigos atônitos. Eles que sigam a ambulância depois. Em mãos, já estão os documentos de Ken para a admissão imediata na emergência, que já está sendo preparada enquanto o hospital recebe as informações por rádio.

Quando os quatro amigos conseguem chegar ao hospital e são capazes de explicar quem são e quem procuram, as notícias não são as que esperam. Porque nunca se espera pelo pior. Não houve despedida nem um último olhar. Ken está morto, e nas retinas de Suiroshi está gravada essa imagem em uma nitidez que ele não quer. Ainda assim, está lá diante dele, a porção de Ken que era funcional até minutos atrás, depois esmagada nas ferragens, em uma grotesca simbiose. E seu rosto permaneceu estranhamente bonito e intacto.

O Jogador perde o jogo depois de ser feito uma só criatura com a máquina.

Os quatro ficam ali, desolados, cada um a um canto, sem conseguir nem oferecer e nem receber um abraço, ou uma palavra. Estão num abismo além do conforto que o contato traz.

No serviço funerário que se dá após um hiato de tempo que não pode definir, Suiroshi chora feito criança, porque não consegue ser discreto ou conveniente. Ele mal se lembra do que aconteceu até estar ali, de terno e gravata no cerimonial. Sabe que esteve bêbado e não chorou nenhuma vez. Agora está são e isso dói. E no meio de todo o pesadelo surreal, ele faz uma retrospectiva de sua vida; é a primeira vez que perde alguém para a morte. A dor é indescritível, porque a culpa é sua. Nenhuma perda chega perto, nenhuma! Suiroshi perdeu sua alma. Entregou o nome de Ken para a perigosa rival sem medir o tipo de consequência que acarretaria. E Suyen o matou, e deve ter sido com as próprias mãos: ela é a jogadora, ela não deixa nada para qualquer outro fazer, ela é a melhor em tudo, afinal.

Por que ele abriu a boca? Como ele vai sobreviver a isso agora, sabendo que cento e setenta milhões de reais estão na sua conta para silenciar o que sabe?

Então esse é o preço da vida de Ken Hayashi.

Sua mente fica virando e revirando essa história enquanto com todas as forças tenta crer que pode ter sido um acidente aleatório. Um motorista alterado, uma fuga cinematográfica, uma outra história, um acaso. E, ao mesmo tempo, amargamente ele sabe.

O idoso avô de Ken permanece sentado, inerte, em um reservado. Um discreto profissional da casa de repouso o acompanha. Tomando coragem, Suiroshi vai lhe dar os pêsames. Quando se vê diante do velho, empertiga-se no terno preto e percebe que não tem o que dizer, então lhe faz uma reverência.

— Sr. Hayashi...

Não fala mais nada. A desolação do homem está além do conforto de palavras de pêsames. E mesmo desolado, ele fala com Suiroshi sem chorar:

— Eu sabia que ele ia para o Brasil com você, Sr. Takeda. Que bom que seus últimos momentos foram cheios de planos para viver. Eu sempre temi que ele enveredasse para o lado do suicídio. Mas não. Que neto de fibra eu tive. E agora eu perdi meu último parente. Ele era o derradeiro. Venha cá.

Suiroshi se aproxima do idoso Hayashi, que tem abundantes cabelos brancos, cortados bem curtos, uma camada rasteira sobre o crânio que lembra camurça.

— Volte mesmo para casa, garoto. Veja como a vida se acaba. Volte e honre seu pai e sua mãe.

Suiroshi faz uma curta reverência, a garganta fechada, sem poder falar. O pensamento impróprio de que aquele homem tão idoso deveria ser o primeiro a morrer, e não seu neto. E o velho fala mais uma coisa, à guisa de despedida:

— Case-se logo e tenha filhos! Não espere mais.

Essa ordem seca, imperativa, vem cheia de significados. Suiroshi abre a boca, mas não sai nada. Não é bonito ver tanta solidão. O velho está certo, e Suiroshi lhe faz uma profunda reverência dessa vez, distanciando-se com a mão no bolso, apertada na pequenina figura de resina, o último sarro que Ken tirou da sua cara.

Voltar para casa, honrar pai e mãe, casar-se e ter filhos. Nada pode ser tão simples. Nada pode ser mais complicado. Portanto, deve ser a coisa certa para se fazer da vida.

Ken nunca vai assinar os papéis de férias na empresa. Suiroshi não sabe de onde tirar forças para ir até lá para as últimas formalidades. Sua vida passa em câmera lenta, como se estivesse em uma espécie de hipnose. Sua cabeça tem doído como se seus dentes estivessem com um nervo exposto.

A cremação é feita com certa rapidez, dado o nível de destruição do corpo e a fragilidade do avô.

O corpo! Suiroshi se horroriza ao pensar em Ken Hayashi como um corpo.

Finalmente, ele perdeu tudo. Não se trata mais de pequenas perdas que formam um grande buraco em sua alma. É bobagem isso de pequenos e grandes. Não há como mensurar a importância da perda quando ela é total e irrevogável. É o fim de sua jornada na Terra do Sol Nascente. Ele quer se jogar em um sofá e só se levantar no momento de ir para o aeroporto.

Fica na lanchonete perto de seu apartamento por horas após o serviço crematório e a despedida daquele avô alquebrado, com uma urna nos braços, carregando-a como um avô carregaria um neto bebê pela primeira vez. Uma urna. É a última imagem que tem do único amigo de verdade que teve no Japão.

Suiroshi bebe água, apesar da bola quase intransponível que se forma em sua garganta, e demora até se sentir forte para caminhar para casa. Foi a pior despedida do mundo. Nem em mil anos poderia imaginar a perda de Ken, que não cometia nenhum excesso além de fumar, e só viveu vinte e sete anos.

No momento em que leva a chave à fechadura e ouve o som da porta sendo aberta, Suiroshi percebe que a carga negativa que vinha sentindo no pequeno apartamento volta a lhe assaltar os sentidos, somando-se ao luto, e ele não quer sentir mais isso. Decide se mudar o mais rápido possível, já no dia seguinte, assim que socar tudo nas duas malas. Sairá deste distrito, indo para algum lugar bem impessoal e distante, em Tóquio, enquanto espera chegar o dia de seu retorno.

Irá hospedar-se por perto de onde estão acontecendo os jogos olímpicos e ver as ruas cheias de gente feliz com as competições. Isso o tirará desse universo em pedaços.

Já está quase tudo arrumado nas malas. Suiroshi tem guardado um exemplar de todas as revistas, jornais e até panfletos com qualquer referência a ele. E de *Tokio2020*, a série de TV que foi seu auge de sucesso. Ele comprou o box de DVDs de presente para sua mãe. É uma edição rara, na verdade, pois, com os aplicativos e assinaturas para assistir on-line, já quase não existe interesse em se ter DVDs. Poucos saudosistas ainda usam aparelhos de DVD em casa e querem ter suas programações favoritas em arquivo físico. E com todo o material do fã-clube e tudo o mais, sabe que sua mãe ficará orgulhosa, mesmo quando ele surgir na tela vestido de frango gigante.

Assim, a saga de Suiroshi no Japão se acaba de forma menos empolgante do que ele sonhou, com saldos positivos e negativos, como tudo na vida de todo mundo. Ele é só mais um cara passeando pelo planeta e fotografando tudo, sendo curtido por fãs de aplicativos que dividem com ele a paixão pela beleza do mundo. De uma pegada de cachorro, à vista de um templo na montanha.

Ele não faz nenhuma foto dos eventos fúnebres, nenhuma postagem que lembre a partida de alguém. Mas posta uma única foto nesses dias, de Ken rindo, a cabeça jogada para trás, um controle de videogame e um cigarro nas mãos, em um campeonato de fim de semana. Ninguém estranha, pois aquele rosto é um dos mais conhecidos em suas fotos de balada e festa. Alguém que sempre ri, da graça e da desgraça.

Desliga o celular e fica imóvel.

Volte para casa.

Honre seu pai e sua mãe.

Case-se.

Tenha filhos.

7

Suiroshi se deita na cama desconfortável e imagina que, se for pensar em Suyen, não vai nunca mais deixar alguém chegar perto. E depois de ser inferiorizado pela família dela, ele ainda se enoja do que passou a sentir. Provavelmente será um desses caras cínicos e desagradáveis por muitos anos, até que uma mulher valha a pena. Ou até que ele valha a pena para uma mulher. É uma ruína de longo prazo. Não vai sarar assim tão rápido para dar tempo de se casar um dia, e ter filhos.

Suyen por fim o tornou o cúmplice subornado de um crime. Mas como era o relacionamento deles antes desse extremo? Já era ruim demais. Nunca sofreu por amor, tinha Suyen apenas para ter sexo. Ele sofria mais por amor-próprio. Isso era bem doente; ele não era assim lá no fundo da alma. Mas ela merecia esse desprezo, porque era recíproco. Eles se desprezavam fazendo sexo e funcionava melhor quando estavam bêbados.

Ela trazia comida às vezes. Às vezes dormia com ele. E isso os Okada e o tatuado não podiam impedir. Ele, sim, podia impedir e se separar dela antes que a coisa ficasse ainda mais tóxica. E agora ele não sabe por que não tomou uma atitude sensata antes. Sua imobilidade pode ter custado uma das vidas mais preciosas do mundo. E em troca de quê? De cifrões em uma conta?!

Suiroshi sente como se o mundo inteiro estivesse olhando para ele e ele estivesse nu. Pensa na longa viagem de volta e não vê a hora. Ele mal consegue terminar de fechar as malas. Nunca foi tão indeciso nem tão desapaixonado. Nada é importante. Poderia deixar tudo ali e ir embora com a roupa do corpo, só com a pequena princesa de resina no bolso.

No dia seguinte, não se sente nem um pouco melhor, as horas vão se arrastando sem que ele possa se concentrar em nada. As desgraças em série não param de se abater sobre sua cabeça. Começa a pensar que é quase impossível seu avião chegar ao destino. Ele cairá no mar. Morrerão mais de duzentas pessoas, e será sua culpa. Imagina-se tendo que responder por tudo isso no dia do Juízo Final. Não tem desculpas. Por sua causa, tantos mortos, tantos roubados e aquela conta bancária!

O que ele fará agora? Há duas opções: chorar até a hora de embarcar, ou levantar a cabeça e se despedir de onde viveu toda a experiência de sua curta vida adulta.

Até comprar a passagem, havia a possibilidade de mudar de ideia. Porém, o próprio Japão está rompendo os laços com ele e da pior forma.

— Vá embora, brasileiro.

Agora é real, agendado, com família a postos para recepcioná-lo no aeroporto e tudo mais. Fechando um ciclo que foi tudo, menos monótono. Em retrospectiva, vê uma vida tão intensa que se admira. O brasileiro arrasou.

E depois foi arrasado.

Resolve sair para as despedidas. Entra em um bar, pede uma cerveja e se senta a uma mesa minúscula na qual não cabe nada além de seus cotovelos e o copo. A TV mostra ao vivo a programação dos esportes nos jogos olímpicos e ele dá sorte de pegar uma partida emocionante de basquete. É impossível ficar indiferente.

Nas mesas ao redor as pessoas vibram em um clima de confraternização que apenas os esportes proporcionam. A abertura dos jogos foi há várias noites, e até esse momento ele não viu nada na TV. Não é fã de esportes em geral, mas gosta do clima que contagia as pessoas.

Não seguia nenhum campeonato de futebol quando garoto nem conhecia as regras do jogo, e tudo o que sabia do esporte era o que ouvia de uma menina palmeirense que estudava com ele no Colégio Aclimação. Era extrovertida, loira de olhos verdes, muito bonita e radiante com sua camisa do Palestra sempre que não estava com o uniforme do colégio. Por causa dela, ele passou a dizer que era palmeirense sem nunca ter visto um jogo.

Suiroshi sente saudade de si mesmo, de quando era garoto. Raramente tem lembranças da infância, mas a energia que se desprende do pequeno público ligado no jogo de basquete lhe traz uma das boas. E ele se lembra que é palmeirense por causa de uma garota.

O que terá acontecido com ela?

Hoje é uma mulher de vinte e seis anos. Janice, filha de Jairo e Eunice. Por sorte ela é muito mais bonita que o nome. Lembra que ele meio que a disputava com Guilherme, seu vizinho e amigo desde o jardim de infância. Os dois eram palmeirenses por causa de Janice. Os dois eram japoneses, mas Guilherme era verdadeiramente exótico e roubava todas as atenções para seus olhos azuis. Um pai austríaco e uma mãe japonesa podem resultar nisso. Engraçado, às vezes a professora perguntava se ele enxergava direito, querendo que ele se sentasse na frente. Um japonês de olhos azuis causa espanto. Nas férias na casa da tia austríaca, ele também causava espanto, um sobrinho nissei na família tirolesa que o chamava de Wilhelm com uma pronúncia tão forte que era como se falassem com outra pessoa.

Guilherme era introvertido e se bastava, enquanto Suiroshi era, nas palavras dos professores e das tias tirolesas, virado pelo avesso. E Janice tinha a atenção dos dois. Assim como agora Suyen tinha dois namorados para escolher.

Ele estaria sempre metido em triângulos?

— Sr. Takeda...?

Ele desvia os olhos da TV e se depara com duas garotas e um rapaz. Eles estão visivelmente entusiasmados.

— Sim.

— Ichiro de *Tokio2020*! É você mesmo!

Suiroshi sorri a faz que sim com a cabeça, e o trio se esbalda fazendo fotos com ele. Muitas fotos, com todas as poses que inventam, e ele muito simpático lhes dá toda atenção. Depois agradecem efusivamente e se vão fazendo reverências, e ele fica sem graça de continuar dentro do bar, onde muitos o olham com humor. Os frequentadores são seus conhecidos, não é nenhuma novidade que ele é o Ichiro de *Tokio2020*, o comediante do seriado que reprisa agora, por ocasião dos jogos olímpicos. Mas ainda acontece, de vez em quando, de alguém novo o reconhecer e o abordar.

Suiroshi sempre atrai pessoas alegres, que se lembram do pateta que tropeça em tudo e que é o fracassado da série. Existe até a possibilidade de *Tokio2020* se tornar um anime. Isso seria o máximo. Ele curte a aproximação das pessoas; em geral é tudo muito respeitoso. Ali, no bar que atende a vizinhança, faz tempo que todos já têm suas fotos e autógrafos.

Sai para a rua com a cabeça meio aérea. Vai fazer o que for dando vontade. No dia seguinte, logo cedo, talvez jogue as malas no bagageiro de um carro alugado e viaje até o Monte Fuji, e não teme que ele exploda, já que sua última erupção foi em 16 de dezembro de 1707. Não seria tão azarado! Não se dará o grande desastre antes da hora... É, o avião que vai cair!

Chegará a Honshu depois de uma viagem de pouco mais de três horas. Quer mesmo dirigir um pouco, faz um tempo que está sem carro e pensa em alugar um bem novo e veloz para curtir a viagem. Do monte, poderá se hospedar em Tóquio por uma semana e gastar seus ienes até o fim em uma estada cosmopolita. Tem antigos colegas dos tempos de universidade e dos tempos de TV, que poderá encontrar para fazerem alguma coisa juntos, à guisa de despedida.

Os últimos dias passarão rápido. É bom fazer logo todas as loucuras de turista e ir embora com histórias melhores para contar.

As histórias ruins já as tem todas, na bagagem e no coração.

Sobe as escadas do prédio que já lhe passa a sensação de não ser mais a sua casa. Só mais algumas horas e adeus, Chiba. Sua cabeça já se configura para os próximos destinos.

Geralmente não acende a luz quando chega. O ambiente é pouco charmoso. Ele costuma ir direto para o banheiro e só lá acende a luz para tomar banho. Fecha a porta e tira os sapatos, e, quando se vira para dentro, da escuridão tão conhecida, de repente vem uma grande novidade: um soco tão violento no estômago que ele dobra o corpo alto e magro em dois, soltando o ar e um gemido involuntário.

Os próximos momentos são muito confusos e só a dor é autoexplicativa. Mais socos vêm, muitos de uma dureza que é como ser golpeado com uma barra de ferro, e aquilo é só um punho!

Agora não falta mais nada na sua despedida. Se ele sobreviver, poderá constatar que não conseguiu salvar nada, nem sua integridade física, uma vez que a integridade moral já está morta, vendida por cento e setenta milhões.

Sim, e é exatamente por causa disso que está sendo assassinado.

O búfalo tatuado. Quando ele se dá por feliz, deixando Suiroshi estatelado e semiconsciente no chão, totalmente arrebentado, ainda lhe aplica um último golpe. Um bônus após o *game over*. O pontapé certeiro que lhe trinca uma costela e o faz ver estrelas piscando por dentro dos olhos fechados.

— Você sempre mereceu essa surra, Takeda... Não devia ter contado a ela que era o aleijado. Percebeu o que fez? Tem noção de que, para ela não entrar naquela coisa, *eu* terei que ir no lugar? É... eu também sou um dos nomes e nem ela sabe. Eu sabia que teria que consertar tudo!

Ele ofega com a adrenalina nas alturas. Ele não vai permitir que Suyen se mate na máquina. É um lorde rústico salvando a mocinha. Ou um lunático louco pelo poder que aquela coisa vai lhe dar?

Ken Hayashi era o melhor em todos os sentidos.

Suiroshi riria se não doesse tanto. Era mesmo o reinado do anticristo, batendo às portas da humanidade. Cada pessoa *chipada* estaria à mercê desse tipo de jogador, dentro da internet das coisas? Suiroshi nunca conseguirá ver nenhuma vantagem em nada disso. Ele quer sumir da civilização, que em tantos momentos da história vem se mostrando tão incivilizada.

Mas antes precisa sobreviver.

O tatuado se vai depois de lhe dizer que finalmente Suyen e ele estão juntos. E que ela confessou que agora, sim, sabe o que é ter um amante.

Então, Suiroshi, nem pegada você tem, pensa, sem se importar. Um frouxo. Ele é um frouxo e está morrendo com a boca cheia de sangue.

Engraçado como antes de se entregar e perder os sentidos ele vê uma imagem deslumbrante do Monte Fuji em plena erupção, lambendo o Japão inteiro com lava incandescente, sem deixar nada para trás.

Nesta noite, longe dali, em Tóquio, em sua cama de hotel e depois de comer seus dois doces deliciosos, Emi Lins vai por acaso assistir a uma série que é uma comédia romântica e vê Ichiro na tela da TV. Um cara engraçado, estranhamente atraente, apesar de tão alto e magro que fica meio desengonçado. Ela se apaixona à primeira vista por seus olhos grandes, mas que se estreitam quando ele sorri.

É o japonês mais lindo e hilário que ela já viu.

Emi descobre que, toda noite, terá que voltar para vê-lo, porque não consegue imaginar sua estada no Japão sem esse encontro, antes de adormecer agarrada ao travesseiro, feliz só por estar olhando para ele do outro lado da tela.

É tão bom apaixonar-se por uma imagem que não tem nada por trás, nenhuma complicação, nenhuma dor. Só a beleza e a leveza do riso. Pode ser egoísta, afinal é uma forma de amar sozinha. Bem, tanta gente defende tantas formas de amar. A sua maneira é essa, a salvo dos sofrimentos que acompanham as pessoas inteiras. Antes de alguém inteiro, ela fica satisfeita com o que o cara engraçado pode lhe oferecer. É como amar uma obra de arte, e isso deve ser bem elevado na escala de evolução espiritual do ser humano.

Emi sorri sozinha, achando bem esfarrapada sua própria desculpa para se esconder do mundo e das pessoas reais. Ichiro, o perdedor desempregado e sem atrativos da comédia, é o oposto do protagonista, e, mesmo com todos os tombos e com tudo caindo sobre sua cabeça, ela suspira por ele e o namora de longe. A salvo.

Durante infindáveis horas nesta noite em que Emi passa na cama cheirosa, Suiroshi fica jogado em seu minúsculo apartamento, sem nem se mexer, como um animal ferido. A viagem dirigindo um carro novo e veloz, a excursão de dia inteiro para visitar o Monte Fuji e depois algumas boas noitadas em Tóquio com artistas de vida despreocupada, tudo parece ecos de outra vida.

Não sabe quanto tempo ficou no chão. Na verdade, força-se a se erguer e se deitar na cama só quando percebe que o chão duro e frio piora mais ainda as dores do espancamento. Já está claro, no dia seguinte, quando se sente capaz de ir ao banheiro. Ao urinar e evacuar, sente dores amargas feito coisas velhas se reanimando depois de um período de morte. Tem urina seca em sua roupa. Ele não se lembra de quando ou o quanto vazou. Precisa jogar toda essa roupa no cesto de lixo.

Demora a tomar uma ducha, por mais que possa sentir o próprio fedor com repulsa, a cada respiração. Não sabia que poderia cheirar tão mal; é o suor mais fedorento que já sentiu, e há outras secreções, todas expelidas de seu corpo no auge do desequilíbrio emocional. O corpo humano fabrica odores inacreditáveis. E mesmo assim, tomar banho não é uma decisão fácil, pois tirar a roupa exige movimentos amplos que fazem tudo doer demais. Quando consegue entrar debaixo da água, chorando com o corpo curvado, com tantas marcas pretas, roxas e esverdeadas, fica ali se sentindo miserável demais para aproveitar o bem-estar de se limpar.

Amarra uma toalha no torso para amenizar a dor na costela, que é a dor mais forte. O corpo dói por inteiro numa intensidade que vai cedendo aos poucos. A aparência é mais assustadora do que ele esperava quando se vê no espelho embaçado do banheiro.

No meio de toda sua confusão mental, o estômago até então quieto, curando-se dos golpes, começa a se retorcer de fome, e Suiroshi arrasta os pés até a cozinha, verificando a geladeira, onde alguns legumes murchos se oferecem. Mas ele não quer, ou não consegue cozinhar. Bebe dois copos de água e a sensação do líquido frio abrindo espaço pelo corpo vazio é boa e agonizante ao mesmo tempo. Faz uma careta só de imaginar sua situação quando a água sair toda podre, lá embaixo.

Vai até os panfletos na gaveta do console e escolhe um *delivery* de yakisoba de frutos do mar, que é o melhor da região, e só imaginar faz seu estômago roncar.

O celular está descarregado. Vai conectar o carregador e faz o pedido pelo aplicativo sem falar com ninguém. Testa a voz e vê que está rouco e que o entregador irá estranhar, mas sua prostração poderá ser confundida com resfriado. O restaurante é próximo, não vai demorar.

Ele caminha lentamente para apanhar o cartão de débito e se posicionar à porta, para não demorar a abrir quando a comida chegar.

A campainha demora longos minutos a tocar, enquanto ele fica sobre as pernas fracas, a mão na maçaneta, segurando-se para não cair.

Assim que seu antigo conhecido entregador olha para sua cara, ele arregala os olhos.

— O que aconteceu com você, Sr. Takeda?

— Estou tão ruim assim?— Suiroshi pergunta, apanhando a sacola com a marmita e se movendo como um velho doente.

— Parece que levou uma bela surra!

— É... — Suiroshi sorri um pouco, irônico. — Levei mesmo, quase me mataram.

Ele ergue a camiseta larga e mais uma vez os olhos do entregador se arregalam com a visão das escoriações tremendamente piores do que as do rosto, sem contar a toalha amarrada na costela trincada.

— Foi assalto?

— Não. Foi por causa... de uma mulher.

Uma pausa constrangida, e eles começam a rir. Suiroshi ri com lágrimas escorrendo pelas bochechas, porque rir dói muito.

— Quer ir para o hospital?

— Não.

Suiroshi faz um gesto vago de *deixapralá.*

— Tem dinheiro trocado aí? Eu passo na farmácia e te trago umas pomadas, faixas para essa costela e analgésico.

Suiroshi agradece, dá dinheiro a mais e fala para ele ficar com o troco.

— Mas tem muito dinheiro aqui.

— Então traz cerveja também.

— Tranque bem essa porta — adverte o entregador, mas Suiroshi deixa a porta aberta para não ter que ir abrir de novo quando ele voltar com o remédio.

Ele se senta na cadeira ergonômica e acolchoada, diante do console que antes brilhava com várias telas, apanha os hashis com a mão trêmula, agradece e começa a comer com medo, mas logo percebe que seu corpo precisa muito dessa refeição e que comer é a melhor coisa que lhe acontece em tempos. Debruçado sobre a marmita, come com prazer e com dor na costela. Sente lágrimas escorrendo, e as limpa com as costas da mão trêmula.

E nos dois dias seguintes, as refeições entregues na sua porta salvam sua vida, as massagens com as pomadas dissolvem quase totalmente os hematomas e os analgésicos dissipam as dores. Pelo visto, não está com algum órgão interno arruinado e em alguns dias estará lindo de morrer de novo.

Agora já pode alugar o carro e sair velozmentes pela estrada. Adeus, Chiba. Com alguma sorte, talvez adeus para nunca mais!

No Parque Nacional de Hakone, Suiroshi ainda anda ligeiramente curvado, mas já não chama atenção como um flagelado quando se junta a diversas cabeças erguidas, todas deslumbradas pela visão estonteante no miradouro do Centro de Visitantes do Fuji. O grupo que vai subir pelo monte na caminhada já se prepara, porém infelizmente Suiroshi não consegue achar forças em si mesmo para a subida. Poderia ser sua grande superação física e emocional. E se ele se esforçasse na empreitada, talvez descesse se sentindo um novo homem... mas nem toda a motivação do grupo pode incentivá-lo o bastante. Terá que ser uma visita contemplativa apenas, de lá de baixo.

Olha para o monte e fica impactado com sua grandiosidade.

— Deus existe, sim, sem nenhuma dúvida. Não que eu já tenha duvidado, mas às vezes é bom se lembrar, confessar e conversar com Ele — um homem fala em inglês ao seu lado, tão embevecido quanto ele mesmo.

Então Suiroshi concorda. O homem é um dos entusiastas a empreender a subida. Acena enquanto o vê seguir o grupo, cheio de ânimo, o peito de turista estufado.

Sozinho, Suiroshi olha para o monte mais uma vez. *Deus tudo sabe e está em todos os lugares. E concede tamanho prazer a quem para um pouco, respira e reza.*

Com essa prece Suiroshi se sente em paz, nem precisa visitar algum templo. É bem provável que Deus esteja mais ali do que nos templos. Suiroshi propõe até um desafio: se Deus estiver em todos os lugares, souber tudo mesmo, então que leia seus pensamentos. E pensa tão alto que deve ter doído nos ouvidos celestes. Ele tenta não ser muito irônico, apesar de precisar da ironia para se resguardar. Não irá confessar nem a si mesmo, nem em um pensamento bem baixinho, que acredita no que está fazendo. Fica naquela situação em que as pessoas hesitam, mas ao mesmo tempo disparam: e se...?

Então, se estiver mesmo aí, e se não for muito incômodo, poderia me dar um norte? Só um, para eu conseguir ir me achando? É que sou muito jovem para viver desse jeito. Ah, é de Pai que a gente tem que te chamar, né? Aprendi na escola dominical luterana que eu frequentei com o Guil, lembra? Faz tempo. Desculpa nunca mais ter falado com você e tal. Se você me der uma resposta, eu vou saber que me perdoou e que eu estou livre para recomeçar. Sabe, Pai... eu tenho medo de ter causado a morte dele. Eu não queria. Sabe como ele era tudo para mim. Você realmente sabe. Eu não vou te pedir que eu possa me vingar... Eu só quero ter uma vida, já que sobrevivi.

Para não se tornar um ingrato ou insensível, promete em troca ficar atento aos sinais.

Vai lento pelo caminho, aproveita o passeio e se sente conectado com o que mais ama no Japão: seus parques, seu verde. Se tivesse tido férias mais longas e mais bonitas nesses anos, teria sido difícil a decisão de ir embora.

Na viagem a Tóquio, no fim da tarde, Suiroshi vai tão cansado ao volante que pensa em descansar no hotel e apenas na noite seguinte fazer uma programação especial com algum velho amigo. Não chega a ligar para nenhum, fica só passando e repassando seus perfis em aplicativos e vendo quando e o que se falaram pela última vez. Não encontra nada em especial e faz tempo. Em geral trocaram mensagens de Boas Festas.

Somente uma maquiadora da TBS, Saori, lembrou-se de lhe desejar feliz aniversário, duas semanas atrás. Sorri só de se lembrar dela, uma menina que tem uns parafusos a menos na cabeça, ou a mais. Talvez seja a melhor pedida para uma noite bem divertida. No dia seguinte entrará em contato e pode imaginar que ela o levará como penetra em qualquer evento que tiverem como entrar.

Nos tempos passados, eles entravam de penetra em lugares e em minutos ele era o centro das atenções. Dessa vez, crê que poderá viver as emoções de ser um penetra anônimo de verdade.

Na manhã seguinte, descansado e disposto, Suiroshi ainda com capricho cuida dos hematomas já quase imperceptíveis, amarra firme as faixas em torno da costela que ainda dói, veste jeans e tênis, uma camiseta azul bem leve de mangas compridas e capuz, própria para o verão: o tecido tem protetor solar duradouro e ele tem essa neura japonesa de se proteger do sol. Faz um café da manhã frugal no refeitório do hotel e caminha até o metrô, planejando fazer umas compras mais elegantes em Shibuya.

Ele precisa levar um presente para sua mãe e outro para sua irmã, que está noiva e contando com um bom presente seu para usar no casamento, que se dará com a chegada da primavera. Uma joia para cada, compradas em Shibuya. Elas não vão aceitar menos. Pois bem, vão ficar muito satisfeitas, porque ele não vai economizar. Para seu pai, um relógio caro, e para o noivo da irmã, outro relógio tanto quanto caro, afinal não conhece o rapaz pessoalmente e esse primeiro encontro deverá ser um suborno marcante.

Quando desce para a plataforma, já estranha a elegância dos que vem e vão. Shibuya é incrível! Ele devia ter vindo de terno. Mas não... É só um turista que vai passar despercebido, com óculos escuros e seu capuz de protetor solar que é a última moda; todo mundo estava usando a mesma coisa em Chiba.

Anda por diversas ruas e galerias, procurando pelas melhores joias e relógios. Não consegue pensar em nada além disso: peças de alto valor que não vão ocupar espaço nas malas, que já estão abarrotadas.

Depois de ver tantas opções e se arrepiar com seu gosto acurado que sempre o leva aos preços mais exorbitantes, e sem ter comprado nada ainda, Suiroshi passa diante de um restaurante que parece perfeito para uma refeição leve. Chama-se Jinnan Cafe. Entra e gosta que em um canto oposto à entrada arejada e ensolarada haja nichos que dão um pouco de privacidade, decorados bem ao estilo japonês que turista gosta de ver. São apenas três nichos, o primeiro ocupado por um casal com as mãos entrelaçadas sobre a mesa, o segundo com uma mochila sobre a mesa, e sem seu ocupante, o que o faz logo pensar que a mulher está no toalete, ou algo parecido. Será uma mulher, a mochila é muito feminina. O terceiro e mais privativo nicho se oferece vago.

As mesas restantes são iluminadas pelo sol e o ambiente é bem moderno, dando um ar eclético ao todo. E ele decide se acomodar no nicho do canto para ter um momento para coordenar os contatos, mandar uns recados e ver quem vai estar disponível para uma noitada. Quando falar que está em Shibuya, vai causar uma avalanche de mensagens!

Abre o jornal do dia, oferecido pela casa juntamente com uma caneta, para resolver as cruzadas e o sudoku. Pede um chá gelado e um pedaço de torta doce. Não costuma comer doces, mas são a especialidade da casa e parecem espetaculares. Não se arrepende dos pedidos assim que começa a comer. Não se lembra de ter comido nada tão refinado em Chiba.

Sim, Shibuya é diferenciada nos detalhes mais sutis.

Em dado momento, compenetrado no quebra-cabeça numérico, fica incomodado ao ver que o nicho vizinho volta a ser ocupado por uma pessoa bastante inquieta a tirar fotos de cada canto. Em um momento lhe vem um perfume suave, o perfume de óleos essenciais, como se a pessoa tivesse acabado de sair da massagem. Ela derruba um talher e dá um risinho. E quando ele começa a se arrepender de estar sentado perto dessa bagunceira, algo lhe chama atenção e ele fica fisgado, sem poder fazer nada, a não ser se colar no banco e ouvir tudo o que se passa no nicho vizinho.

São quase onze horas e a sua vizinha de mesa fez um segundo pedido de ban-chá. O garçom a deixa com seu pedido e ela inicia um áudio pelo celular, e quando começa a gravar é que a atenção de Suiroshi é fisgada, porque ela o surpreende falando em português do Brasil. E pelo sotaque é paulistana, com notas que denunciam até seu bairro. Sim, para quem conhece, em qualquer lugar do mundo é possível identificar uma pessoa da Mooca! Ela fala com os pais, humorada e os tratando com um cuidado especial na clareza das palavras, fazendo Suiroshi imaginá-los idosos. Talvez sejam. Ela fala das delícias da massagem que acabou de receber, sobre os jogos olímpicos e pelas entrelinhas ele descobre que a menina inquieta da Mooca está sozinha no Japão para assistir aos jogos pessoalmente, nas férias mais maravilhosas da sua vida. Ela completou vinte e cinco anos num dia de jogos de vôlei, e, mesmo estando sozinha do outro lado do mundo, isso foi importante para ela: aniversariar em um ginásio vendo gente jogar bola.

Cada louco com sua mania.

Ela fala da viagem de volta, que está chegando infelizmente, porque está tão bom.

Suiroshi faz movimentos bem silenciosos para não chamar a atenção da garota. Assim que ela envia o áudio com beijos e mais beijos, leva um tempo para começar uma nova gravação. Ele fica ali ouvindo despreocupadamente, pensando em quanto tempo faz que não ouve alguém falar sua língua. É praticamente um treino para dali a alguns dias. Vem a calhar. E ela fala rápido, uma avalanche de palavras por minuto.

— Evelin, me desculpe por tudo, essa chamada de vídeo que fizemos foi desconfortável. Eu até esqueci do seu pedido. Agora vai. Olha, eu agradeço muito, do fundo do coração, que você tenha esse cuidado comigo. Vou mandar por imagem também, depois.

Suiroshi ouve atentamente e a garota agradece a amiga religiosa que vai levar os dados do seu voo para o templo, onde a igreja fará uma oração especial de proteção para ela no retorno.

Cada louco com sua mania dois.

Sem pensar exatamente no que está fazendo, ele anota os dados que ela dita para a amiga. O voo, a companhia, os horários, até o número de sua poltrona. Claro que a oração é para o avião inteiro, no tocante à proteção, mas especificamente a sua localização é para a irmandade enviar suas energias de calma para ela em um momento delicado que é uma viagem tão longa, em que tudo pode acontecer.

O que será esse tudo? O que "de tudo" pode acontecer em uma poltrona? Ele se admira com a ideia dela. Mas ao mesmo tempo fica olhando para os dados daquele voo, que anotou a esmo na margem do jornal, e pondera que um grupo de pessoas enviando energias positivas de proteção para que tudo corra bem é algo para se respeitar, principalmente para ele, que tem pensado tanto que fará o avião cair só pela sua presença nefasta.

Cada louco com sua mania três.

Enfim, os dados ficam ali anotados, ele sabendo que aquele voo está fora de qualquer perigo.

— Boa sorte, menina inquieta — sussurra ele bem baixinho, sem saber identificar se falou em japonês ou em português.

O voo de Suiroshi se dará três dias depois do dela, e não terá igreja nenhuma orando por ele. É meio desolador.

A voz sem rosto no nicho vizinho se despede com beijos e mais beijos. Suiroshi sorri, percebendo um padrão. Ela também chama todo mundo de *amore*, do jeito esparramado de italiano da Mooca.

Um instante apenas e ela inicia outra gravação. Suiroshi tem uma leve reação facial de surpresa. Ela não para nunca? Os pais, uma amiga, agora outra. Contudo, continua ali, ouvindo e curtindo aquela voz de menina sorridente. É como soa sua voz, como se sorrisse. Há uma leveza. E dessa vez ela fala com alguém a quem chama de *Lô*. Lô é a segunda amiga que participou da tal chamada de vídeo de mais cedo e ela se desculpa de novo pelas coisas ditas. O que terá acontecido de tão grave? A conversa com essa Lô é mais íntima. Ela fala do final da viagem, do quanto passou rápido, e ela não está preparada para voltar, não ainda. Esperou a vida inteira por essa viagem, e como pode ter passado em um piscar de olhos?

Suiroshi a ouve e pensa no quanto está farto de tudo. Uma década sem ver o Brasil. Nem sabe o que sentir nesta altura do campeonato. Sabe apenas que vai voltando com a razão, com motivos e com planos organizados, nada de emoção envolvida. Sua única emoção é a sensação de múltiplas perdas, inclusive de sua integridade física. Pensando melhor, talvez haja, sim, uma busca emocional em seu retorno, e será uma busca pelo seu autêntico lugar no mundo, que, no fundo, ele sempre sentiu que deve ser fora do Japão. É hora de parar de se sentir estrangeiro.

São Paulo... Aquele lugar feio e sujo, mas que em suas lembranças tem cores espetaculares como cenários cinematográficos de realidade aumentada, que a gente sabe que não existe, mas ainda assim precisa acreditar para ser feliz.

— Eu sei, Lô, que não dei sorte para achar um *crush* no pedaço. A não ser...

Faz a voz com mistério. Suiroshi presta atenção. Sabe que meninas adoram um romance. Ela está passando férias sozinha em Tóquio e já se apaixonou por alguém. E agora ela fala algo que nem em mil anos Suiroshi estaria esperando ouvir.

De forma exagerada e falastrona, sua voz de sorriso vira voz de riso ao dizer:

— Sério, eu encontrei o príncipe, e não posso imaginar a vida sem ele, então acho que vou ali morrer e já volto! Eu amo esse homem! Eu sei que preciso de um homem para me dar um trato, mas o que eu posso fazer se me apaixonei pelo herói de um seriado de novo? Igual aconteceu com o Ultraman quando eu tinha seis anos. Claro que dessa vez é mais forte. Eu fico tão excitada quando o vejo. Eu preciso até me tocar. Olhando para ele, fico louca. É o homem mais lindo do mundo, pelo amor de Deus. Que japonês delicioso, Lô! Delicioso, você não imagina. Nossa... Tem a voz assim toda grave, é muito alto e muito magro, sempre sorri até os olhos fecharem... — Ela para de falar por um instante, quem sabe pensando no príncipe que não é encantado, mas *encantador*. — Ichiro é tão engraçado, faz todo mundo rir o tempo todo. Ele me faz rir... Ele me faz rir, Lô! Sonhei com ele essa noite, acordei tendo um orgasmo assim do nada, sem nem me tocar. Sério, estou pirando.

Suiroshi sente uma quentura vexatória subir pelas suas orelhas. Encolhe-se no capuz de protetor solar e fecha os olhos, envergonhado pela primeira vez por bisbilhotar.

Caramba, a bagunceira gamou em mim nesse nível? Em mim mesmo? Ele quase se pergunta em voz alta. E quase ri. Sente-se de volta aos dias de fã-clube, quando estranhas o pediam em casamento e lhe davam flores.

— Eu amo esse homem. Pronto, acabou. Meu Ichiro. Eu amo muito esse homem. Vou me casar com ele. Ter filhos dele!

Suiroshi sente muito calor e fica imóvel, sentindo um suor brotar nas axilas. Não pode se mexer, ela não pode ver que ele está ali, coitada, ou irá morrer de vergonha. Demora a admitir a si mesmo que esse calor de vexame que o toma acaba se tornando o calor de um afago e é diferente, é um carinho que ele está feliz de sentir. Aos poucos consegue identificar a razão de ser diferente de tantas garotas no passado, que o cercavam aos pulos pelos corredores da universidade. Alguém está falando que o ama em sua língua. Ele não sabia que faria tanta diferença, mas a língua é a mãe do sentido quando se fala de amor. E ela fala em português paulistano da Mooca que o ama e pronto, acabou.

Tudo é muito intenso e difícil de ouvir e permanecer imóvel. Uma curiosidade irresistível o puxa para ouvir cada sílaba, e quando ela encerra com "beijos e mais beijos, amore", ele só pode pensar em ir lá e a agarrar e não largar mais. Porém, só percebe que esteve petrificado, sem nem respirar direito, quando à porta a silhueta alegre dela acena adeus para o garçom, que parece seu conhecido de muitas compras anteriores de doce. Um recorte de sombra e sol, ofuscada, impossível de reconhecer, apenas um desenho de luz.

Um desenho de luz que Suiroshi percebe imediatamente não se tratar simplesmente de luz do sol. Ela *brilha* e ele pode ver! Da mesma forma como ele pode ver os buracos negros, as nuvens de demônios. Mas tanta beleza e tanta luz assim ele nunca tinha visto e seu coração aos trancos conversa sobre isso com sua razão, ambos aos gritos e tão exaltados que ele não sabe se é alegria ou pânico. É euforia, e ele não sabe lidar muito com isso, nunca foi dado a tanta emoção, e fica ali pasmado e ofegante, consciente de que nada do que se lembra o deixou assim antes, em toda sua vida.

E quando sai da inércia e a segue, tropeçando nos próprios pés e trombando em tudo como o próprio Ichiro, não a vê mais.

Inquieto, Suiroshi dá alguns passos perdidos pela calçada, uma urgência sem endereço o assalta. Ela viera e ela se foi e ele a perdeu. O norte que ele pediu em pessoa! Só pode ser. E ela sumiu, porque ele não é rápido o bastante para a fugacidade dos sinais de Deus.

A viagem dela é três dias antes de seu retorno... Quando chegar no Brasil, ela já estará perdida para sempre.

Pensa, Suiroshi!

— *É isso!* — ele grita sozinho na calçada, volta correndo para dentro do restaurante e vê um funcionário recolhendo as coisas de sua mesa.

Aborda-o num salto que parece o goleiro diante de um pênalti. O jornal! Os dados do voo! Ele tem que ser muito rápido. Fica ali, olhando para seus rabiscos aleatórios na margem das palavras cruzadas. Os dados completos da viagem dela. Se isso não é um sinal, sinais não existem!

Deus não foi nada discreto ou enigmático!

Puxa, Pai! Valeu!

Quando a garota foi embora, ele tentou vislumbrá-la de onde estava, mas ela se foi rapidamente, pela rua ensolarada, os cabelos negros e lisos esvoaçando até os ombros, uma pessoa magra e simples indo pela rua, como outras milhares nesta populosa Shibuya, e ninguém sabia que ali ia o seu sinal de que Deus conversa com a gente. Principalmente, ninguém sabia que ali ia a mulher que o ama!

Bem, ela ama Ichiro, seu papel na série, quatro anos mais jovem, com cara de bobo e ainda mais magrelo.

Detalhes.

Decidido, Suiroshi sai para a rua com o foco renovado, sem pensar em segui-la. Ela não está mais ao seu alcance mesmo. Ele não sabe direito como ela é para reconhecê-la se a vir. Ela terá que falar. Sua voz ele conhece.

Sai quase correndo na direção do metrô e sua mente argumenta com ele que fique e compre os presentes, que é preciso entrar em contato logo com os amigos, com a maluquinha da maquiagem, se quer ir a alguma festa mais à noite. É preciso tanta coisa. É Shibuya, o lugar mais efervescente do mundo! Há tantos interesses seus ali.

Quando a porta do metrô se fecha é que seu foco fica mais claro, e acalmando o fôlego, com rodas de suor nas axilas, ele cai em si do que acaba de acontecer. É verdade que Deus fala com a gente! É uma certeza que quase nos faz desmaiar! Ele precisa se apressar. Agora vem a prova final de que ele se encontrou com seu destino, para o retorno à América.

Faz o trajeto até o hotel quase cegamente e só para de correr quando se senta com sua passagem na mão trêmula e os dados do voo da menina anotados na margem do jornal. Passa por uma curta espera, que parece eterna, até que uma atendente da agência de viagens o cumprimenta do outro lado da linha, de antemão já agradecendo a sua preferência em falar pessoalmente.

Suiroshi explica-lhe que gostaria de mudar a data de sua viagem. Oferece todos os dados de seu voo e caprichosamente para qual novo assento precisa mudar.

Pedido bastante específico, que não é nada comum, e eles não fazem esse tipo de mudança, em especial com data tão próxima.

Começando a sentir mais uma perda, daquelas que formam abismos no peito, ele vai murchando e pensa consigo que os milagres devem ser assim mesmo: as forças negativas querendo estragar tudo, até parecer que tudo está perdido. Então argumenta que é muito relevante, que por favor ela ao menos tente.

— Sr. Takeda, o seu voo é três dias mais adiante, em primeira classe. O senhor entende que está tentando trocar por uma passagem de valor bastante inferior e que não seria ressarcido?

— Não preciso de reembolso.

— Sr. Takeda, está ciente de que para essa mudança o passageiro do assento que você deseja precisa ser notificado e só poderei realocá-lo caso ele concorde?

Suiroshi respira fundo, pensando. O canto de seus lábios sobe num sorrisinho.

— Por favor, existe um lugar disponível em primeira classe no voo que eu desejo?

A agente demora para responder, como se tivesse ido pessoalmente lá na aeronave verificar! Suiroshi está vendo a hora que a ligação vai cair.

— Sr. Takeda — fala ela finalmente. — Sim, existe um lugar vago na primeira classe. Estando interessado em pegar esse voo, não seria interessante para o senhor essa vaga em questão, na primeira classe? Posso reservá-la?

— Não. Ofereça a esse passageiro! Desde que o lugar dele fique disponível para mim.

— Mas, Sr. Takeda, isso diminuirá o seu conforto e bem-estar, e ainda gerará um custo elevado...

— Eu cubro toda a despesa — fala Suiroshi, dando um sorrisinho, triunfante.

A agente respira fundo do outro lado.

— Não poderei te dar uma resposta até que entre em contato com o passageiro e ele autorize mudá-lo de classe no voo.

— Faça isso, por favor. Eu aguardo na linha.

— Não é possível realizar essa transação e permanecer com o senhor na linha, Sr. Takeda.

Suiroshi hesita. Apenas um imbecil não gostaria de mudar para a primeira classe.

— Posso confiar que você vai se esforçar por mim?

Ela dá um risinho do outro lado.

— Sr. Takeda, farei com prazer! Prometo retornar a sua ligação assim que concluir a negociação, porque você terá que pagar as taxas.

Desligando, pensa que se não fosse um milionário, não teria achado graça, mas ele pode comprar o avião inteiro se quiser.

Levanta-se de um salto e sente uma fisgada na costela.

Agora não pode mais adiar, precisa comprar os presentes, porque se sua manobra der certo ele partirá três dias mais cedo.

Aumenta o volume da campainha do celular para atender ao primeiro toque, e quando sai para a rua está intrigado com sua loucura repentina. De onde vem esse surto? Vai se apaixonar por uma menina sem rosto, ou precisa que Deus tenha falado com ele, porque só assim ele saberá que não tem sangue nas mãos? Precisa de amor, ou de perdão?

— Alô! — Ao primeiro toque, Suiroshi atende o celular com tanta pressa que quase o derruba dentro da loja onde escolhe um conjunto de colar e brincos de safiras com ouro branco para sua mãe, e um de pérolas com ouro rosa para sua irmã usar no casamento.

Compra também um cordão de ouro branco mais longo, com um pingente de esmeralda que provavelmente ficará à mostra em um decote mais profundo. Imagina essa joia entre os seios da menina que fala rindo.

É loucura mesmo.

— Sr. Takeda, o passageiro aceitou no mesmo instante!

— *Yes!* — Suiroshi grita como se tivesse ganhado um prêmio.

Acerta os detalhes dos pagamentos extras enquanto a balconista arruma as joias em estojos aveludados que por si já denunciam a qualidade do que vai ali dentro. Precisa ir o quanto antes guardar as peças preciosas na mala e trancar tudo. Só faltou comprar uma joia para si mesmo, um marco para sua nova fase, sua grande mudança de continente, de horizontes, de futuro. Consciente, ele deixa em aberto esse detalhe.

Nesta noite, após as dez horas, faz uma ligação de vídeo para casa. A mãe fica espantada quando ele revela que sua volta se dará três dias antes do previsto; Suiroshi nunca se mostrou tão cheio de novidades. Porém, ela sabe que ele passou por momentos extremos e duros demais para alguém tão jovem, então não questiona suas decisões e mudanças repentinas. É a forma dele de lidar com o luto, a ansiedade de retornar ao lugar de sua infância. Ela já formula mentalmente o que precisará adiantar no cronograma dos preparativos para sua chegada.

— Meu filho comilão, estou feliz que vai voltar antes. Estou feliz que vai voltar para casa.

Suiroshi repete suas novas datas e depois ainda irá mandar fotos do *voucher* novo. Não demora para desligar para sua mãe não ver seus olhos marejando. Sim, ele está carente e com muito medo; não quer que alguém veja um menino nele, pois ali deveria haver um grande homem.

Abre o e-mail com a confirmação de mudança de voo e dá um *print* na tela com os novos dados, enviando para a mãe. A mente revisita muitos lugares que estiveram adormecidos nele por uma década. É impossível ver qualquer coisa com nitidez, e para o que não tem resposta, ele tem esperança. Só muito mais tarde, quando já está na cama, relaxando e sentindo as fracas fisgadas na costela, que parece estar sarando bem, ele se lembra dos planos de encontrar amigos antigos, do tempo de TV.

Isso terá que ficar para amanhã.

Aconchega-se na cama enorme e com cheiro de limpa. Fica imaginando o que poderá acontecer, agora que ele fez uma manobra tão ousada e que não pode mais desfazer. Muito bem, poder ele pode se simplesmente não viajar. Só para não se sentar do lado de sua menina inquieta. Não conseguiu ver o seu rosto, mas conhece sua voz, que varia como música, dando pistas de suas emoções o tempo todo.

Voz de sorriso e uma esmeralda num decote profundo.

Ela levará um belo susto quando o vir e o reconhecer ao seu lado na viagem!

Calculando mais friamente, será muito bom chegar no Brasil com uma pessoa conhecida, além de sua família. Não será Ken.

Mas, se tiver sorte, será uma amizade que durará mais do que o tempo do voo.

E Suiroshi sente um bolo no estômago só de imaginar a besteira que está fazendo. Apostando suas fichas em uma voz divertida. E agora não há como voltar atrás. Porque é a resposta de Deus. A inexorabilidade. *Alea jacta est*[3].

Durante o café, logo cedo, depois de uma noite de sono reparadora, Suiroshi arrisca dar um telefonema para a maquiadora da TBS. Ela atende ao primeiro toque.

— Saori?

— Suiroshi?

— Estou em Tóquio.

— Supershow! Vamos agitar alguma coisa essa noite! — ela grita do outro lado.

É exatamente isso que Suiroshi sabia que ia ouvir dela.

Falam rapidamente, marcando local e horário. Saori inventará uma festa se não tiver nada legal acontecendo lá esta noite. Suiroshi fica um tempo pensando em como poderá ressurgir, depois de anos, em uma festa cheia de gente influente e bonita, com fotógrafos por todos os lados. Agora que não há mais uma *hacker* impulsionando artificialmente as notícias nas redes, e ele não faz mais parte de tudo isso, a recepção poderá ser bem fria. Ele quase torce por isso: não está totalmente livre dos hematomas e seu brilho ingênuo não é mais o mesmo, brincando diante das câmeras inocentemente, crendo que é um sucesso autêntico. Sente-se ficar vermelho de vergonha, calor subindo pelas costas.

Ele não tem um traje adequado. Pensa em alugar um terno moderno e ainda à mesa do café faz uma busca por aplicativo.

3. *A sorte está lançada*, em tradução livre. Palavras atribuídas ao imperador romano Júlio César ao iniciar a guerra civil contra Pompeu. (Dicio) N.A.

Aluga um terno escuro, camisa branca, sapatos clássicos. E para não decepcionar, mais tarde acaba se rendendo a uma tentação antiga de arrumar os cabelos em um salão profissional especializado em cortes masculinos que atende artistas e milionários.

Nada é por necessidade ou insegurança. Ao final da brincadeira percebe que é mesmo só uma brincadeira que momentaneamente o leva de volta aos tempos de mídia, quando ele era um garoto feliz conquistando o mundo.

Ninguém pode ser tão vazio a ponto de viver só disso, mas é divertido. Todos nós temos uma vida, e um dia resolvemos montar o personagem e aparecer em público. Ele não faz mais parte de nada disso, mas a meia dúzia de antigos amigos que irão comparecer para prestigiar sua presença merecem seu esmero em parecer bonitão, afinal é a linguagem deles, e um caipira de fábrica está fora de cogitação.

Com efeito, no começo da noite, quando desce do táxi diante do bar Kujira, em Shinjuku, percebe que Saori fez sua mágica, arrastando para lá uma horda de artistas para uma noitada cheia de flashes por todos os lados. Não é o que ele estava esperando, sinceramente pensou em algo mais íntimo quando ponderou sobre o quanto não pertence mais a esse círculo.

Sua aparição cinematográfica está tão acima de suas expectativas que só o que pode fazer é agradecer o bom senso de ter se montado todo no terno e na escultura do penteado. Acena para tudo e para nada e entra na balada, onde é recebido por rostos sorridentes de que ele ficou por anos sem sequer se lembrar. Isso não lhe dá remorso, sabe que é recíproco.

De todos os presentes, apenas Saori é da velha turma de amigos, os demais são colegas apenas, ou desconhecidos sorridentes com copos na mão e egos a competir ferrenhamente pelas atenções. E a noite é bem divertida. Depois de tantas gargalhadas, Suiroshi não sabe se a dor que sente é de rir, ou da costela.

Lá pelas tantas, não está bêbado o bastante para ficar amortecido, contudo alterado o suficiente para ir com Saori ao banheiro feminino ao invés de ir ao masculino, e quando ela o leva para um dos reservados, ele fala alto e algumas garotas dão risinhos.

— Saori, todo mundo faz xixi aqui. Não dá...

Rindo, ela o leva a uma poltrona vermelha ao lado do imenso espelho em que todas arrumam a roupa e retocam a maquiagem. Saori senta-se sobre as pernas dele e começa a beijá-lo. Suiroshi curte muito o momento, mesmo que ali em público seja mais uma mostra estética do que um bom amasso. Não é a primeira vez que trocam alguns beijos estéticos e públicos.

Ainda que menos intenso do que fariam a sós, parece escandaloso para ele, que não é mais uma pessoa pública. Ela monta nele, sem se preocupar que a saia curta suba até mostrar a calcinha. Ele tenta não pensar nisso, não quer ter uma ereção, mas suas mãos vão apertando as coxas nuas dela sem muita cerimônia.

E sem ele saber de onde, um pensamento muito nítido se faz em sua cabeça, em uma voz de riso que se sobrepõe à música alta e disforme que chega aos seus ouvidos:

— *Eu amo esse homem. Eu amo muito esse homem. Vou me casar com ele. Ter filhos dele!*

E Suiroshi para tudo, estático, sem nem respirar. Saori se afasta para encará-lo e se espanta com seus olhos arregalados.

— Suiroshi, o que foi? Você está branco.

Sem saber o que dizer, Suiroshi se sente muito estranho e bêbado, como se de repente a realidade se distanciasse, ou ele afundasse em um poço. Levanta a camisa e mostra as ataduras para a amiga.

— Olha, sofri um acidente e estou com muita, muita dor. Não consigo mais nem me mexer. Acho que bebi tanto que os analgésicos pararam de fazer efeito.

— Suiroshi! Que horror! — Saori grita e outras meninas gritam em volta deles. Ela imediatamente sai de cima dele e parece perturbada com a visão das ataduras. — E agora?

— Agora eu vou chamar um táxi e ir embora. Acho...

— Eu te levo até lá fora. Vem comigo. Seu imprudente, devia estar de repouso.

A partir daquele momento, Saori passa a andar abraçada a ele, protetora como uma leoa, contra o aglomerado de gente que dança e se move na batida rítmica e alcoólica da noite. Saem para a noite e ficam abraçados até o táxi chegar, ela tomando cuidado para não tocar onde há ataduras. Quando o táxi chega, eles se despedem com um beijo rápido e Suiroshi não diz que está voltando para o Brasil. Um "até logo" e a esperança de se reverem qualquer dia. Melhor assim.

Dentro do taxi, ele se distancia vendo a bonita garota entrando no clube de novo para curtir a festa.

— Suiroshi, você é uma anta.

Ele não tem dores fortes, apenas não conseguiu pensar em ir mais longe com Saori, então precisou mentir. Ela não ficou ofendida. E ele vai embora sozinho. Essa é boa. Além de tudo, agora está se saindo um belo de um frouxo, porque era para Saori estar bem ali, do seu lado, no táxi, para passarem o resto da noite juntos!

Ou não.

Ele já tem alguém que o ama e isso muda tudo.

14

Dia 14, sábado. Despachadas as malas, Suiroshi se sente aliviado. Ansioso por alcançar seu assento e pregar a bunda nele, crente que uma igreja orando pela sua integridade vai mesmo funcionar. O avião não vai mais cair. O Fuji não entrou em erupção. Sua sorte está mudando.

É o segundo da fila, e ouve ao longe uma bagunça de gente. Olha de relance e vê um grupo inteiro de agasalhos em verde e amarelo. Trata-se de uma garotada que volta da viagem às Olimpíadas, eufóricos com tudo que viveram nas últimas semanas em Tóquio. Pelas roupas e pelo entusiasmo, pode até mesmo ser um grupo de atletas vencedores com suas medalhas.

Fica firme em seu lugar e entra logo que é liberado, sem olhar para trás e sem se deixar notar. A ansiedade faz seu coração pular, arremessando-se contra o tórax, como se quisesse abrir seu peito e pular para fora. Igual ao oitavo passageiro, o pior dos *aliens*, aquele que cuspia ácido.

Calma... você não ficou assim nem quando levou aquela surra, diz Suiroshi para o próprio coração.

Mas é inevitável. Ele vê a esmeralda multifacetada rebrilhando num decote. Sente as mãos suarem. Pensa de novo no tamanho da besteira que está fazendo. Em nenhum momento ponderou sobre como a garota vai se sentir quando se deparar com ele, com Ichiro de *Tokio2020*. Ela vai achar que uma coincidência dessas é impossível. E é mesmo. Ela vai achar que é destino. E não é.

Ou é?

Afinal, teve aquela conversa bem franca com Deus, pediu aquele sinal e daí tudo se desencadeou em uma sucessão irrefreável de eventos como só as pragas bíblicas fazem...

Respirando fundo, Suiroshi senta-se no canto apertado que lhe cabe após a troca de poltronas. Tarde demais para pensar em conforto. Agora é embarcar na história que não lhe pertence mais. Deste momento em diante, tudo é uma música e tocada a quatro mãos. Igual a Bife, que tocava com sua mãe, quando era pequeno, ao piano. Não depende mais dele. Cada um tem que fazer sua parte para dar certo.

Olha para fora, sem ver nada em especial. Toca o vidro frio da janela com a ponta dos dedos por um instante e sussurra:

— *Tóquio, nunca mais?*

Ajeita-se o melhor que pode, e, sem saber o que fazer, cobre o rosto com o boné e finge que está dormindo. Coloca os fones de ouvido, mas não os conecta a nada. Só para fazer de conta que está ouvindo alguma coisa, perdido em um universo só seu. Ótima tática para fugir da colega de banco em uma viagem, não fosse o voo de vinte e quatro horas, mais descidas e subidas, mais descansos nos lugares mais inóspitos que estenderão a agonia por trinta horas. Não será possível passar trinta horas dormindo com o boné cobrindo o rosto e os fones mudos, mas poderá fazer isso nos primeiros momentos, até conseguir se acalmar e bolar um plano.

Ela chega, guarda a mochila e a jaqueta no bagageiro, ficando com uma manta de lãzinha para se cobrir e se senta ao seu lado. Demora um pouco para se acomodar. Também, esse aperto de assento é bom só para contorcionista de circo que se dobra até caber em uma maleta. Suiroshi tenta ver mais alguma coisa além das calças justas e os coturnos lustrados, mas está difícil. Ela é pequena, é só o que pode sentir. Magra e de estatura mediana, cabelos pretos, lisos e médios; enfim, tudo nela parece estar na média, o que talvez a deixe invisível, sem o *fator uau* que destaca tantas mulheres que ele conheceu no mundo da moda. Ela tem espaço para se mexer na poltrona, e ainda assim dá um longo suspiro sonhador, como se estivesse faltando alguma coisa.

Não leva muito tempo após a decolagem e vem o aviso que já podem desafivelar os cintos, e ela, que já é inquieta, de repente começa a respirar descompassada, como uma pessoa entrando em uma crise de pânico. Pode acontecer com alguém que tem pavor de avião após a decolagem, neste momento já devem ter alcançado uma altura vertiginosa e voam por cima das nuvens. A amiga lhe prometeu uma igreja em oração para tranquilizá-la e essa deve ser a razão. Sua vizinha de poltrona tem pavor de altura, claustrofobia, todas essas condições difíceis. A amiga sabe disso e oferece consolo espiritual a distância, e ainda assim a garota sofre para se acalmar.

Suiroshi pode tentar alguma coisa para ajudar, pode lhe oferecer reiki. Começa a sentir toda a aflição dela, sua condição tão frágil. É uma informação nova: ela falava da viagem em seus áudios no restaurante com tanta desenvoltura, a voz de riso. Agora parece que outra pessoa vai sentada ao seu lado e ele sente saudade da menina com sotaque da Mooca. Pânico é uma coisa que tem o poder de se alastrar e ele já está com o coração alterado faz tempo.

Em um esforço para se conter, ela fica imóvel, o corpo projetado para frente, a cabeça quase encostada no banco da frente, torcendo e retorcendo as mãos. Suiroshi afunda-se mais no seu canto e luta contra o ímpeto de falar alguma coisa para tentar distrai-la e confortá-la. De repente, cai em si que não tem plano nenhum, não sabe por onde começar e a agonia da aventureira das Olimpíadas é mortificante.

E quando ele finalmente desiste de se esconder, tira o boné e respira fundo para lhe dizer alguma coisa, qualquer coisa, por mais imbecil que seja, ela dá um salto e sai para o corredor com movimentos duros, como se as pernas estivessem engessadas.

Suiroshi fica olhando-a se distanciar em direção aos lavabos e se repreende por ter ficado olhando para suas formas no jeans. De costas ela é gostosa. Repreende o pensamento de novo, mas não adianta, ela é gostosa mesmo. Até quando ficará sem conseguir ver seu rosto?

Ele pega com cuidado sua manta de lãzinha e a cheira. Sente-se um pervertido por isso e a devolve rapidamente. E avista alguma coisa no chão, perto do seu pé. Abaixa-se e recolhe o objeto. Realmente conseguiu ver de relance aquele anel grande no dedo dela, enquanto ela retorcia as mãos. Pega-o e fica por um longo momento olhando para a peça de pedra roxa e grande, com a palavra *Tama* inscrita.

Aquele é um anel Akatsuki, que é o grupo dos vilões sanguinários, inimigos do Naruto. É o seu anime favorito. Ele se lembra de sua coleção completa de figuras de resina, sua máscara Anbu... Seu ímpeto é roubar o anel. Ele queria mesmo uma joia que fosse um marco de seu retorno. Faz anos que assistiu à série completa pela última vez, já a reprisou por diversas vezes e a lembrança aquece seu coração de repente. Que saudade de quando era garoto e a vida era tão simples!

Aperta o anel na palma da mão e se acomoda na poltrona, cobrindo o rosto com o boné mais uma vez, sem a mínima ideia do que está fazendo, mas seu coração pula de novo quando sente que ela está voltando.

A menina inquieta chega ali sacudindo a manta, procurando pelo anel perdido. Sentada mais uma vez, abaixa-se para procurar no assoalho acarpetado, e sua inquietação está em um nível alarmante. Respirando fundo, Suiroshi não consegue mais se segurar e antes que o pânico o contagie, a chama em japonês:

— Senhorita? — ele fala baixo com a voz de barítono que traz um timbre de Elvis com Sinatra.

Podia ter sido cantor? A imagem hilária da Banda de um Homem Só o assalta, e o comediante nele se debate em sua jaula mental, querendo sair. Tenta caprichar e parecer calmo e seguro.

Ela prende o fôlego e vai se virando para ele devagar. Sabe quando somos pegos numa travessura, e ficamos disfarçando? Ela está disfarçando. E Suiroshi está disfarçando.

— Senhorita. — Ele insiste e não diz mais nada, mas ergue a mão de dedos compridos; entre seu indicador e seu polegar, o anel todo faceiro se exibe.

E é quando Suiroshi se surpreende muito com ela. É simplesmente linda, é exatamente o rosto que ela precisava ter, perfeito e cheio de personalidade. Ela não olha para ele, fixando o olhar em seu anel de *cosplay*. E sem mais, ela se senta meio de lado até onde a poltrona permite, envolve a mão dele nas suas e acolhe o anel como se fosse uma peça preciosa.

Suiroshi sente as pernas amolecerem tanto pelo contato de suas mãos, como pelo sorriso maroto que o pega desarmado enquanto ela fala:

— Sim. Eu aceito.

Eles ficam imóveis por um instante, finalmente se olhando nos olhos, mil coisas passando por suas mentes, as mãos meio que entrelaçadas. Suiroshi então ri, surpreso pela situação inusitada, e seus olhos se estreitam. A garota também ri e seu olhar brilha como se estivesse com lágrimas.

Ela encolhe os ombros. A crise de pânico passou.

— Desculpe. Eu sempre quis dizer "sim" ao príncipe que me oferecesse um anel.

Príncipe. Suiroshi dá de ombros, fingindo estar confiante.

— E eu nem sou um príncipe. E mesmo assim você o derrubou no meu pé.

— *Oh, Deus!*

Ela leva a mão à boca. Ambos continuam rindo, ela aparentemente despreocupada; agora é ele que está em desespero. Quando alguma situação o encurrala, ele só sabe fazer piada tonta. E neste momento em que adoraria ser atraente, irresistível e másculo, provavelmente será um bocó. Ainda bem que ela toma a dianteira e comenta:

— Eu podia jurar que era um príncipe, e na verdade era um detetive! Todo o meu plano foi por água abaixo.

Chega mais um aviso de turbulência e eles afivelam os cintos, arrumando a postura nos assentos. Olhando para frente, ambos se perdem em pensamentos que parecem um grito escapando de suas cabeças, pois é evidente o quanto suas mentes não estão quietas.

Suiroshi se lembra de quem é o anel roxo e em um relance a última guerra das marionetes passa pela sua mente. Lembra-se de ter chorado feito criança em tantos episódios que tem vergonha de assistir perto de alguém. Chorar vendo *Naruto* é um de seus segredos. O nome praticamente sai sozinho de sua boca:

— *Sasori.*

E por um instante é incrível ver o sorriso no perfil dela. Estará mesmo feliz por ele ter reconhecido que anel era aquele? É uma *otaku*[4], ou apenas achou o anel bonito em uma loja qualquer de Tóquio? Ela suspira e fala quase com reverência:

— O mestre titereiro dos venenos — ela ainda fala em japonês, exibindo a delicada mão esquerda com o anel no polegar.

— *O mestre titereiro dos venenos* — repete Suiroshi em português, porque não pode mais esperar nem um minuto para dizer a ela quem ele é e de onde vem.

— Você fala português! — admira-se ela e quase grita, olhando para ele com espanto genuíno. — Quem é você?

4. Fã de animes e mangás em japonês. Tem a mesma conotação um tanto pejorativa de *nerd*. N.A.

Suiroshi ri de sua comoção e fala com fluidez, sentindo que o primeiro contato meio atabalhoado está passando. Um pouco mais calmo agora, ele se sente impossivelmente feliz.

— Estou voltando para casa. Faz tantos anos que não vou para o Brasil. Agora estou voltando de vez. Faz dois anos que não encontro ninguém da minha família pessoalmente. Só por aplicativos. E você?

— Eu? Ah, eu só passei duas semanas em Tóquio para as Olimpíadas. Estou aproveitando as férias, curtindo minhas raízes.

— Mas você não é japonesa.

— Não.

— Então que raízes são essas?

— Não são sanguíneas, são afetivas. Um dia eu te conto.

— Conta agora.

Ele não perde uma só de suas expressões faciais enquanto ela pensa um pouco no seu pedido. E ela lhe conta uma breve, mas linda história. E conforme ela fala, ele pode ver todas as imagens que ela ilustra.

— Quando eu era pequena, minha avó tinha uma vizinha japonesa. Ela gostava de mim, e eu, dela, mas ninguém sabia. Era meu segredo. Eu saía no quintal da minha avó e descia uma escada que ladeava a casa vizinha, num declive. Lá embaixo era a casa da japonesa e eu tinha encontrado uma passagem pelos fundos, onde a cerca tinha um vão. Os adultos não se preocupavam comigo, eu estava brincando no quintal dos fundos e não sairia para a rua. Eu era apenas uma criança, ainda não sabia que para entrar na propriedade de alguém você precisa ir pela frente da casa e apertar a campainha! E do nada eu aparecia na janela dela e via tudo lá dentro. Ela era tão bonita. Eu ficava encantada como se aquela janela fosse um portal para algum lugar mágico.

Suiroshi fica esperando mais história, mas parece que ela entra em um devaneio.

— O que tinha de encantador na janela? — ele pergunta quando o silêncio dela se prolonga.

— Era um ateliê de costura escuro, nas sombras, porque a única fonte de luz era a luz natural que entrava pela janela e emoldurava a mulher. Atrás dela só dava para ver vultos de manequins e baús de materiais que pareciam baús de tesouros. Ela era costureira de uma butique infantil e produzia vestidos de festa para meninas do meu tamanho. Eram bordados e enfeitados de laços, com cores lindas. Eu nunca usaria nada parecido. Meus pais me vestiam de moletom. Até ver os vestidos que saíam daquela máquina de costura, eu não sabia que existiam coisas tão lindas. E ela costurava, a máquina fazia aquele som característico, e ela ia falando comigo.

Ela respira fundo.

—É importante para uma criança ter a atenção de um adulto. Eu admirava seu sotaque forte, a falta de algumas palavras que ela ainda não sabia. Era a primeira vez que eu tinha contato com uma pessoa estrangeira que ainda não falava bem o português. Eu conhecia outros japoneses, meu padrinho mesmo, mas ele não tinha nenhuma dificuldade para se comunicar. Da casa dela se desprendia um cheiro diferente. Não era nem gostoso e nem ruim, só era muito diferente. Eu já era adulta quando descobri que era incenso de jasmim. Ainda adoro esse cheiro. Não é nem gostoso e nem ruim, mas me leva à frente daquela janela mágica, que era inatingível.

Suiroshi respira e desvia o olhar por um momento, antes que não consiga se segurar. Está ouvindo com atenção enquanto sua mente só fabrica imagens de ele a beijando até perderem o fôlego.

— Mas você estava lá. Como era inatingível?

— Eu estava no quintal, e era outro mundo além daquela janela. Lá dentro havia a mulher mais bonita que eu já tinha visto, que fazia vestidos de princesa com aroma de jasmins, e ela me dava atenção, falando tudo errado e rindo o tempo todo.

Quando ela termina, ele faz uma leve afirmação com a cabeça.

— Agora eu sei o que são *raízes afetivas*.

— Obrigada por ter me deixado falar nisso. Acho que eu nunca tinha contado a ninguém. Agora é sua vez de me dizer o motivo para resolver voltar justo hoje, só para me encontrar aqui.

— Ou foi o contrário?

— Até agora eu estava achando que era coincidência.

Eles sorriem de novo, e nem um casaco de chumbo poderia tirar sua leveza. Eles sempre sorriem quando se olham. Passam um tempo assim, só curtindo o momento humorado, cada um com seus segredos. Até que Suiroshi não resiste e dá com a língua nos dentes.

— Então, muitas vezes eu sou confundido com o Ichiro.

— Verdade, Ichiro? Eu não sou a única pessoa que já fez isso? Cara, que frustração, eu achei que estava me saindo tão bem.

Ela é deliciosa, essa é a verdade. Ao seu redor paira apenas um suave perfume de hidratante corporal, em vez de pairar auras misteriosas e enigmáticas. Suiroshi faz que não com a cabeça.

— Se eu fosse ele, provavelmente uma bigorna Acme ia cair na minha cabeça agora!

Eles se encolhem ao mesmo tempo, protegendo a cabeça e rindo de novo.

— Você é um ótimo Ichiro. Tão bom que realmente é difícil não pensar nele agora.

— Suiroshi.

Ele oferece a mão e ela aperta longamente. Gostariam de nunca mais soltar. É um aperto franco.

— Emi. Muito prazer. Engraçado... Você descobriu tudo sobre minhas raízes afetivas antes de saber meu nome.

— A ordem dos fatores não altera o produto.

— Nossa... — Ela fez uma reverência. — Nunca ouvi nada mais original.

Riem de novo. Algumas horas se passam e o tempo é tão veloz que Suiroshi pode jurar que há alguma coisa errada. O voo de volta ao continente americano sempre lhe pareceu uma viagem de volta no tempo. Agora, o tempo parece voar para frente em uma velocidade maior que o voo do avião. Se a vida passar neste ritmo, chegará idoso em São Paulo. Ri sozinho um pouco com o pensamento bobo.

— Do que está rindo agora? Ainda não acabou seu repertório? — Emi lhe pergunta, sonolenta, recostada ao seu lado.

Ele olha para ela, vê seus olhos brilhando na penumbra. Apesar de cansada, ela é assim, luminosa.

— Eu estava pensando que nem em mil anos eu ia achar que essa viagem passaria tão depressa.

— Pode ser, mas ainda não chegamos nem no meio dela... São nas últimas horas que começa a cansar de verdade.

Ambos se ajeitam como dá, meio de lado. Seus joelhos se trombam, assim como seus olhares. Recostam-se, tentando ficar mais confortáveis e falam bem baixinho; parece estar todo mundo adormecido ao seu redor. Inclusive alguém ronca ao longe e eles trocam expressões indignadas antes de rir baixinho de novo. Não pode haver nada mais inconveniente do que um ronco em uma viagem! É o tipo de intimidade que, sinceramente, nem um cônjuge merece ser obrigado a compartilhar.

Suiroshi meneia a cabeça negativamente.

— Eu poderia matar quem está roncando.

— Eu te ajudaria.

Ele não tem certeza, mas é como se aquele fosse o primeiro sorriso realmente cúmplice que trocam. Ficam curtindo o momento, quietos, olhando-se no escuro. Quando fala, ele o faz ainda mais baixinho:

— Estou tão bem acomodado aqui. Mas preciso ir ao banheiro. Provavelmente vou arrancar pedaços seus até passar do outro lado.

— Oh... desculpe. Claro, eu saio para o corredor. Pode passar.

Suiroshi se levanta, sai para o corredor, anda um pouco para lá e para cá antes de ir ao lavabo. Estica o corpo todo, sente alguns estalos e alguns desconfortos tanto das horas sentado quanto da costela terminando o trabalho de se curar. Como somos frágeis, na vida real tudo demora tanto para sarar... Se Ichiro fosse real, teria morrido no primeiro episódio.

Emi está transferindo seus sentimentos de Ichiro para Suiroshi. Ele pode sentir. Ela falou a sério naquele áudio para a amiga, quando se disse apaixonada. E ele não sabe o que está fazendo ali ao incentivar a aproximação dela e fazê-la rir. Sua falta de charme, sua facilidade de se colocar em momentos vexatórios, sua falta completa de orgulho e brios másculos, todas as suas gafes operam o efeito oposto ao esperado numa garota. Ela só se diverte, não gosta mesmo de galãs.

No momento ele se sente um blefador em um jogo viciado; burlou as regras, espiou as cartas dela antes de começarem. E se por um lado se sente mal com essa vantagem, está louco pela possibilidade de ganhar. O predador despertou: tem seu *algo a perseguir*.

Fica alguns minutos a mais no lavabo que ainda não foi usado até se tornar uma pocilga. Encara o espelho e não vê mais marcas roxas nem sangue dentro do olho. Conforme se distancia da Ásia, as memórias da terra natal vão voltando. Mas são as memórias de um menino, colégios e desenhos animados, videogame e a camiseta do Palmeiras. Toda sua experiência adulta começa a empalidecer, por mais que tenha sido intensa e plena. Ele coloca a mão sobre o espelho, ocultando parte de sua face imberbe que ainda lembra sua cara de menino como se não tivesse amadurecido, sem marcas de expressão. Mas não, não é necessário ter marcas de expressão e sabedoria no fundo do olhar. Não ainda. Só tem vinte e seis anos!

Seu coração dá uma bombeada forte e acelera quando ele pensa em sua companheira de viagem, a criatura macia que ele quer ter nos braços pela manhã.

Arregala os olhos e se encara enquanto fica corado.

— Cara... agora você se confessou. Volta logo, imbecil, ou ela vai dormir. Volta e conta toda a verdade!

— Fico feliz de você ter se sentado do meu lado. Às vezes a gente dá muito azar em viagens longas. E eu sou muito azarado. — Suiroshi vai falando enquanto passa por ela e se acomoda no seu canto mais uma vez. — Não queria nem ver quem ia se sentar aí. Na minha última viagem, o velho tinha tanto chulé que exalava até fora do sapato!

Sua coragem de contar a verdade se evapora por ora e ele não acha que já estejam no momento de confessar algo a mais. Ele não vai contar sobre sua troca de passagens. É melhor acreditar na coincidência.

— Que horror! — diz ela. — Espero não estar te incomodando com meu cheiro.

— Ah, Emi, você cheira muito, muito bem.

Mesmo no escuro ele nota que ela fica vermelha. Fica tão tímida que olha para o corredor, fugindo.

— Suiroshi, você está voltando para casa e vai continuar atuando, ou vai abandonar a carreira de ator?

— Carreira de ator? Não sou ator! Eu sou técnico num departamento de TI.

— Não tem cara de técnico de um departamento de TI.

— Mas sou, sim, e daquele bem *nerd*, de óculos e tudo mais. Mas acontecem coisas que fogem do nosso jeito de ser nessa vida, não é? E eu acabei na TV.

— Como assim? Como foi isso?

Ele sorri. Sabe que terá que contar essa história diversas vezes nos próximos tempos, por ter protagonizado algo tão inusitado em seus anos de universitário. Já foi entrevistado e falou nisso muitas vezes em programas de TV e nas revistas que leva para sua mãe. No Japão, nada sobre sua vida é novidade, mas é preciso entender que no futuro quem perguntar sobre seu passado realmente estará curioso. Carreiras na mídia são atraentes, como se fosse lá uma grande coisa, e no caso dele poderia até ser, afinal ganhou um lugar de destaque na Ásia, que, diferentemente da América, exerce exigências inacreditáveis quando o assunto é beleza e talento. No Brasil, as pessoas não se acostumariam à ideia de homens mais maquiados e mais magros do que as próprias mulheres.

A cultura pop japonesa sempre chega no Brasil em forma de seriados de TV, mangás e animes, contudo tanto no mundo da moda jovem quanto no conceito de beleza não existe muita correspondência. Por três anos, ele esteve no topo nos desfiles, e até mesmo o fato de ser um japonês nascido brasileiro às vezes fazia dele uma espécie de queridinho exótico.

No Brasil, agora será apenas mais um japinha de TI, que toda empresa tem, isso se arranjar emprego. Graças a Deus! Ele não quer ter um séquito de meninas gritando e pedindo autógrafo, só quer que sua colega de viagem tenha olhos para ele. E ela tem.

— Foi assim: eu sou alto, tenho umas proporções boas, então na faculdade fui convidado a fazer uns desfiles para o departamento de moda. Eu fui sem nenhuma pretensão, e me dei bem. Eu tinha até cachê quando era uma marca mais famosinha. E num desses eventos, o pessoal pediu para algum modelo dançar. Ia ser um desfile de roupa confortável, de *street dance*, e eles queriam que na passarela a gente demonstrasse. Só que foi uma coisa meio de surpresa, e os modelos de verdade não queriam pagar esse mico. E eu, que não levava a coisa a sério, falei que podia dançar, sim. Era fácil para quem não tem nada a perder.

— Entendi. Mas você saiu dançando, do nada?

— Ninguém sabia, mas eu danço muito bem e adoro dançar. Aí eu arrasei.

Ele ri um pouco, lembrando-se de quando dançou pela primeira vez em uma passarela; foi um estouro de sucesso que lhe rendeu sua primeira capa de revista não ligada ao mundo universitário. Quando um engenheiro que nem é da NASA ganha uma capa de revista? Como podia, só por dançar, ganhar tanta visibilidade? O mundo é estranho.

— Foi muito engraçado. Foi sucesso total. Eu saí no jornal, estamparam meu rosto em todos os lugares e umas meninas muito loucas do curso de marketing abriram um fã-clube.

— Nem a pau! Sério?

Eles dão umas risadas só de pensar, mas Suiroshi logo perde um pouco do brilho. Estão sonolentos, cochichando e lutando para prosseguir acordados e não perder um só instante da companhia um do outro.

O cansaço vence Emi enfim e sua cabeça adormecida vem procurando apoio até encontrar seu ombro. Cuidadosamente ele se ajeita ao lado dela, abraça-a de leve pela cintura, cheira o alto de sua cabeça e começa a divagar, até que o sono chega, com sonhos estilhaçados onde o tatuado taciturno o espanca, Suyen o humilha, Ken está morto com o rosto bonito pairando sobre o corpo esmigalhado, a cabeça brilhante num corpo que não funciona. E tudo o que Suiroshi tenta fazer com o corpo letárgico é fugir correndo, descalço, por uma longa avenida gelada. Os carros o ofuscam com faróis e buzinadas e ele ouve sua própria voz nos ouvidos, contando sua história de sucesso, ainda que não possa contar a origem de seus milhões.

10

Amanhecem abraçados debaixo da manta de lã que Emi traz para o desembarque no inverno paulista. Não pode existir nada mais perfeito.

Suiroshi desperta antes que ela e se mantém imóvel para prolongar o momento. Ela está com o rosto meio escondido no seu blusão enorme e disforme, que foi moda no inverno passado em Chiba e que esconde seu corpo magro e ainda levemente curvado. Sua costela está bem, obrigado, mas se ficar muito ereto ela ainda reclama, e ele não pretende deixar que alguém perceba a sua desdita e ele tenha que inventar uma mentira.

Os sonhos entrecortados pesam na sua cabeça como uma ressaca. Não são essas, definitivamente, as imagens que quer guardar em sua alma.

Quando Emi acorda e se distancia, espreguiçando-se como dá no espaço exíguo, Suiroshi sente um frio abissal dentro do peito, como se todos os pedacinhos dela que não estão mais em contato com ele agora formem um oco insuportável.

Quando ela se estica para pegar uma pequena *nécessaire* na mochila e vai ao banheiro, Suiroshi não consegue deixar de olhar seu corpo esguio e firme, sem muitas curvas, contudo perfeito, frente e verso. Ela é linda demais, mas ele sabe que se um passasse pelo outro pela rua, ele não a notaria, pois sua beleza é para ser vista assim, de perto, mais com o coração do que com os olhos. E já estão dormindo juntos, literalmente! Nunca ousou nada tão rápido na vida.

Um sorriso bobo paira nos seus lábios sem ele perceber.

Depois de usarem o banheiro e o café da manhã ser servido, ela comenta casualmente sobre um detalhe que não passou despercebido na véspera.

— Você estava falando sério sobre ter um fã-clube?

Suiroshi, que agora se sente todo confortável para falar com Deus, fala mentalmente sem receio de isso ser maluquice: *Então, Pai, parece que ela está com ciúme. Ajude-me aqui, para isso ser verdade e ela estar louca por mim. Quer dizer, foi mal, a sua parte você já fez. Deixa comigo agora! E não conta a ninguém que estou falando contigo, porque isso é muito maluco. Não! Não tenho vergonha, entenda. Mas como seria interpretado?*

— Pior é que estou. Aquelas malucas me deixaram famoso. Foi por causa da exposição toda que faziam de mim que acabei convidado a fazer esse personagem atrapalhado na série. Na verdade, não tinha que ser um bom ator, inclusive se fosse alguém aquém do papel ficaria mais cômico ainda. Só precisava decorar textos pequenos e não podia ter senso do ridículo. E eu não tinha.

Toda vez que pode falar a verdade, Suiroshi se sente tão feliz que poderia dançar. Já resolveu dentro de sua cabeça que, se porventura eles não forem cada qual para um lado para nunca mais se verem no desembarque, ele quer muito lhe contar tudo o que viveu no Japão. De bom e de ruim, até onde ela esteja a fim de ouvir. Há tanto a dividir, e tem que ser com ela, a criança que adorava cheiro de jasmins e vestidos de princesa.

— Então você é o Ichiro! Quer dizer... você é o Ichiro fora da série também.

— Se isso fizer você se apaixonar por mim, eu sou.

— Suiroshi...

Ela cora até as orelhas. Um tomate.

Ele sorri, despreocupado, enquanto seu coração quer brincar de *Alien — o oitavo passageiro* de novo, arremessando-se contra as costelas, prestes a pular para fora. Mas seu blusão *fashion* esconde tudo do seu corpo, e até se fosse corcunda ela não notaria.

E ela fica engraçada quando cora tanto.

— Pensa comigo. Um técnico de TI não tem graça. Mas um dançarino desastrado com fã-clube... o que pode existir de mais atraente?

Falando em tom leve para deixar o ambiente gostoso, ele mal acredita estar mesmo abrindo o coração desse jeito. A verdade é que ele tem essa facilidade, é o cara mais fácil do mundo. Simples e sem mistérios ou segredos ocultos. Ou quase. E aqui, neste instante, toma uma decisão séria, porque Emi acabou de entrar em sua vida, mas ele já consegue perceber que desta vez é diferente. Só irá esconder dela alguma coisa que o envergonhe. E o que o envergonha é apenas cento e setenta milhões de coisas. Pode viver com isso. Em tudo o mais será assim, verdadeiro até o último fio de cabelo. Até vai acabar contando que fala com Deus e Ele responde.

— O que a sua mãe vai dizer se você voltar para casa com uma fã a tiracolo?

— Não sei. Mas vamos perguntar a ela no aeroporto. Ela vai estar lá com meu pai e minha irmã e o noivo da minha irmã. Estão me esperando para ser padrinho do casamento deles. Vai estar todo mundo lá. Aí a gente já oficializa.

— Oficializa o quê?

— Você já falou "sim, eu aceito".

Emi olha para o anel de Sasori que traz no polegar esquerdo. Estranha peça para um noivado nas alturas. Mas ela também parece perfeitamente capaz de se entregar à brincadeira, mesmo sem poder controlar o vermelhão que sobe à face a todo instante e a deixa mais linda ainda.

— Muito bem, meus pais e amigos também vão me buscar. A gente oficializa.

Suiroshi pondera por um momento. Não está sendo impulsivo nem desrespeitoso. Tem segurado todas as fibras de seu corpo durante muitas horas. Há dias sua mente fabrica imagens desses momentos com Emi, desde o restaurante ensolarado, desde que ela não tinha nem nome e nem rosto. Toda sua vida se resumiu ao desejo quase insano deste momento chegar.

Ele sentiu um profundo medo de que não daria nada certo. E, ao mesmo tempo, teve toda confiança de que *ela* era o seu norte, era o detalhe que poderia nortear seu retorno com segurança. Por causa dela, uma igreja está em oração para sobreviverem à travessia. E isso conta. Porque não foi imaginação sua a luz que ela irradiava.

Nos pés do Monte Fuji, ele pedira com a maior força que podia para que *ela* acontecesse em sua vida. E ela aconteceu. Perto dela, não sente as dores e as perdas recentes. Tudo encontrando sentido, na mesma velocidade com que a aeronave singra os ares.

E é por isso que também está com medo.

Pega-lhe delicadamente o queixo com os dedos e ergue seu rosto levemente. Quanto mais perto, mais bonita. Não é mais possível adiar nem esperar mais nada. Já está atrasado, inclusive.

Enquanto ele se aproxima, ela prende a respiração, mas não recua. Eles se conhecem há quase vinte horas. Eles estão em um espaço público. Eles não podem ficar se beijando. Mas quando seus lábios se tocam, ambos estremecem com descargas elétricas evidentes. Não podem esconder um do outro a explosão que se causam.

Suiroshi reconhece que é cedo demais para lhe dizer que a ama, que nunca sentiu nada parecido, que mudou sua vida as horas que passaram conversando sem parar com tanto humor, falando de suas vidas, profissões, gostos culinários, como se o resto do mundo não existisse. É cedo para lhe dizer que está ali com ela em um lugar inédito em sua vida, que vai além do desejo de tocar seu corpo, por mais que esse desejo seja forte e o torture. Mas é mais que tudo isso, é como uma história maior, o seu encontro. É cedo para lhe dizer que, ao descobrir que decoraram em japonês tantas falas dos mesmos episódios de *Naruto*, na batalha das marionetes, acha que já pode pedi-la em casamento.

É cedo demais para lhe dizer tudo isso, mas abraçados, trocando beijos apaixonados, sentindo seus corações pulsando com tanta energia, é como se ela estivesse ouvindo cada uma daquelas palavras não ditas. E é como se falassem a mesma língua, com suas línguas se tocando em carícias que ele quer que nunca mais acabem.

De repente, Emi tem coragem de confessar. Ela fala com facilidade que se apaixonou por Ichiro e ri ao dizer que o adorava e sonhava em ser sua namorada, como uma adolescente de treze anos. Quando ela confessa, parece pouco profundo, e ainda assim Suiroshi toma a palavra e também faz uma confissão. É apaixonado pela sua voz de riso, que ele ouviu dentro de um restaurante. Conta-lhe que ouviu seus áudios sendo gravados naquela manhã em Shibuya e que quase sem querer pegou os dados de sua viagem, e quando soube que haveria uma irmandade orando, já se interessou por aquele voo, para quebrar seu azar e o avião não cair. E quando ela falou para alguém que se chamava Lô que amava Ichiro, ele não viu mais saída, tinha que conseguir viajar ao seu lado!

Eles revelam tudo muito rápido, sabendo que ou falam logo, ou perdem a coragem.

Ambos estão rindo um da cara do outro e ambos estão corados de vexame pela história toda. Vão detalhando partes ora românticas, ora cômicas, e já que estarem em poltronas vizinhas não é coincidência, tudo o mais parece não ser também.

— Temos tanto ainda a descobrir, Emi!

Emi fica um pouco preocupada, e Suiroshi percebe que ela se fecha.

— O que foi?

— É tudo muito interessante, só que até aqui nada aconteceu espontaneamente entre nós, Suiroshi. Sabe essa sensação de encontro de almas, escrito nas estrelas, para além dos nossos corpos? Essa sensação do universo inteiro ter conspirado. Nada é de verdade mesmo.

— Como assim, nada é de verdade?

Ele a aperta mais nos braços, não permitindo que haja nenhuma distância entre eles, até onde as poltronas permitem. Cheira seus cabelos. Se pudesse, puxaria-a para seu colo.

— Eu te conheci pela TV e você foi meu namorado virtual. Você me seguiu por uma simples curiosidade, porque eu era brasileira e te adorava pela TV, igual a todas as outras meninas do fã-clube. Não foi uma feliz coincidência, foi algo que nós construímos. Uma construção calculada.

— Emi, não fala isso — fala Suiroshi com seriedade evidente; precisa tranquilizá-la, pois ela também está tremendo.

É claro que tudo está rápido demais para ambos. Ele não é mais o comediante. E eles estão bem sérios. O medo dela é evidente. E se há medo é porque o sentimento é de verdade. Por isso ele precisa que ela veja o que ele vê.

— O universo conspirou, sim, a todo instante, desde que você amou uma imagem que não tinha nada por trás, e eu amei alguém que era só um turbilhão de ideias, mas não tinha imagem! Nada foi coincidência, concordo. Mas é por isso que é especial, exatamente porque nós dois construímos. Se nós montamos essa realidade, é porque as peças nos foram dadas.

Eles ficam quietos, abraçados. Cada cabeça perdida em um redemoinho. Suiroshi não lhe diz que aposta todas as suas fichas, toda a sua vida nessa história porque Deus lhe mostrou. Isso a faria sair correndo sem olhar para trás. Ele a aperta mais um pouco, imaginando se é doido, ou se nunca esteve tão certo.

— Emi... Antes de nós estarmos aqui, já estávamos apaixonados.

— Você estava? — ela pergunta baixinho, parecendo uma garotinha insegura.

Suiroshi pensa em Saori, nos seus beijos na balada. E se lembra de ter praticamente ouvido da voz de Emi e esse pensamento tê-lo arrancado dos braços da outra imediatamente, como alguém pego em flagrante.

— Sim. Eu estava apaixonado e morrendo de medo.

Morrendo de medo. Na verdade, ambos ainda estão, porque tirando seus risos a situação é bastante séria.

— Será que estamos falando sério, ou isso tudo vai acabar sendo uma bobagem de viagem?

Suiroshi responde depois de pensar um pouco:

— Você é uma menina desconfiada.

— É que estou aqui pensando. Será que depois de hoje a gente vai voltar a se ver?

— Eu só fico pensando se teria alguma chance de a gente não ficar se trombando toda vez que sair de casa. Você é da Mooca, e eu, da Aclimação! Se eu não tivesse ficado tantos anos no Japão, a gente teria se conhecido em algum supermercado e já estaria junto faz tempo. Desde a infância, talvez.

— Será? — Emi deita a cabeça no seu ombro e ele cheira sua cabeça de novo, porque está viciado em seu perfume. — Eu teria dito "sim", se você me desse um anelzinho de plástico, daquele que vinha no chiclete.

Ela fecha os olhos e Suiroshi fica admirando sua beleza delicada. Pensa que se tivessem se conhecido antes, é bem possível que tivessem se apaixonado, porque tudo é tão perfeito. Mas sente uma pitada de orgulho da forma inusitada como tudo aconteceu. Será história para seus filhos e seus netos. E se isso é doideira, ele vai viver doido até o fim do mundo!

Suiroshi pega a manta de lã e a embrulha desajeitadamente, deixando-a meio presa, e abraça o pacote que formou dela embrulhada, trazendo-a para perto de seu peito.

— Meu Deus, como você é linda. Onde você estava todo esse tempo?

— Te procurando pelas ruas de Shibuya. Mas eu não te achava e minha vida ficava impossível. Então eu corria pro meu quarto e ficava olhando para o Ichiro antes de dormir.

— Mentirosa.

— Está bem... não estava te procurando.

Começam a rir.

— Quero te ver dançando.

— Você vai dançar comigo?

— Todos os dias, Suiroshi.

— Emi, eu não consigo ficar sem te beijar. O que você fez comigo?

Emi deixa que ele a beije e não responde de imediato. Depois olha muito séria para ele e fala baixo:

— O anel. Por que você tocou nele?

— Estava envenenado! Você me atraiu para uma armadilha, ou eu te atraí?

Ambos estão convencidos de que há, sim, um dedo do destino nisso tudo.

O inverno gelado com os ventos do Sul os recebe pelos corredores de desembarque em Guarulhos. A multidão vai se dispersando aos poucos. Suas malas e mochilas vão juntas no carrinho. Ambos estão com a sensação dos órgãos flutuando dentro da barriga, na montanha-russa, e vão de mãos dadas, não casualmente, não acostumados com o toque, os dedos entrelaçados com tanta força que estão rijos. É a primeira vez que andam lado a lado.

Suiroshi, por ser bem mais alto, avista logo seus pais, visivelmente impacientes pelo reencontro depois de tanto tempo.

— Lá estão eles. Vamos falar japonês com eles, eles adoram. Vem!

Quando Suiroshi acena, eles já estão todos olhando para ele e logo retribuem o aceno. Sua mãe sai do bloco de boas-vindas e vem chorando ao seu encontro. O filho a abraça e a ergue no ar; ela é pequena e reclama timidamente, mandando que ele a desça ao chão. Os demais vêm se aproximando devagar, felizes. Emi fica ali, segurando o carrinho, ou se segurando no carrinho.

Depois de cumprimentar calorosamente a família, Suiroshi não perde tempo e volta para o lado de Emi, trazendo-a para diante deles, segurando-a pela cintura, muito agarrado, muito perto.

— Família, eu disse que ia trazer uma grande surpresa.

— Sim! Qual é a surpresa?

Todos olham para Emi e ela cora violentamente, e nem consegue sorrir direito.

— Minha esposa, Emi.

Seus pais, irmã e cunhado, e principalmente Emi, têm uma reação explosiva. A confusão se instala e Suiroshi desata a rir da cara de todos. Suas gargalhadas são cortadas por alguns tapas indignados que ele recebe de sua mãe e de Emi, uma de cada lado.

— Está certo, ainda não nos casamos, mas vocês tinham que ver as suas caras!

— Seu palhaço! É assim que você me apresenta...?

— Emi...? — alguém chama às suas costas.

Quando se volta, Emi se depara com um segundo grupo de boas-vindas, em que vêm seus pais e as amigas dos áudios. Literalmente cada um é de um tamanho e de um formato, e Emi esteticamente não se encaixa ali. Ela é parecida com a família de Suiroshi, e ele, vendo isso, aperta-a para si, querendo levá-la consigo para sempre. Ele não acredita que terá que vê-la ir embora com aquelas pessoas.

Nos olhares de todos a surpresa estampada, pois não entendem japonês e não sabem o que eles estão falando.

— Gente! Oi!

Emi se solta dos Takeda e vai abraçar seus pais e amigos. Suiroshi fica olhando seu encontro com um sorriso bobo, ainda a achando linda, amassada da viagem, cansada, descabelada e linda. Quando seus olhares se cruzam, Emi retribui seu sorriso bobo, vai até ele e o busca pela mão. Nessa altura, todos fazem uma espécie de círculo em torno do casal de viajantes.

— Muito bem, esse é o Suiroshi.

— O futuro marido dela — ele avisa em português, com seu vozeirão, para ninguém perder a piada.

Todos ficam mudos, trocando olhares pasmados.

— Suiroshi sempre faz essas chegadas. Não sei como ainda me espanto — fala sua irmã, um pouco enciumada pelas atenções em torno dele.

— Mas com uma esposa é a primeira vez que eu chego, confesse que eu me superei.

— Que história é essa? — pergunta a mãe de Emi, indignada, perdida e já ficando brava.

— Eu prometi que não ia ficar do outro lado do mundo.

Emi se segura para não rir e Suiroshi se sente feliz por já ser capaz de perceber as nuances de suas reações.

E a mãe de Emi pergunta, desconfiada:

— Ele te faz rir?

Em resposta, Emi sorri mostrando todos os dentes que cabem em um sorriso.

— Eu sei, eu sei. — Faz Suiroshi, apaziguando o tumulto que começa a se formar. — Nós não vamos mais ficar longe um do outro nenhum dia das nossas vidas, mas por enquanto vocês podem ir pensando que somos apenas namorados.

— Nós não vamos mais ficar longe nem mais um dia das nossas vidas? — Emi lhe pergunta, parecendo tão chocada quanto todos os demais.

Ambos ainda estão com uma sombra de medo no olhar. O total medo do desconhecido, a certeza de que com eles as coisas não irão acontecer aos pouquinhos. O que está acontecendo é uma avalanche capaz de soterrá-los.

— Não mesmo! — ele responde e sorri, todo galante, tomando-a em um abraço e dando-lhe um longo beijo.

Lorraine e Evelin são as primeiras que começam a aplaudir, mas em instantes o grupo atônito vai se aquecendo e batendo palmas, fazendo uma algazarra que, aos ouvidos do casal, parece muito longe. Eles ainda viajam de volta ao mundo real, param em algum lugar entre mundos e parece que o agora já nem existe.

— Detesto ser o desmancha-prazeres, mas vamos morrer de frio aqui. Vamos embora?

Todos se dirigem à saída e dividem as bagagens, despedem-se cordialmente, ainda estranhando a novidade do casal de viajantes. Seus carros estão em lados opostos do estacionamento. Emi pega a chave de seu carro dentro da mochila. A irmã de Suiroshi não deixa de notar e comenta, admirada:

— Uau! Você tem uma Mercedes.

— Sim. — Emi sorri, encabulada. — É meu xodó.

— Posso te pedir para me levar para casa? — Suiroshi pede no mesmo instante, sem poder acreditar que dali cada um vai para um lado.

Emi olha para o casal Takeda com uma interrogação. Eles estão à espera da chegada do filho já faz tantos anos. Ela não se sente confortável tirando o filho deles assim, sem mais nem menos. Suiroshi também olha para eles com uma interrogação tímida. Sua família já se apoderou da sua bagagem e vai se afastando enquanto seu pai responde em japonês, bem-humorado:

— Pode ir de Mercedes, garotão! Mas vai direto para casa!

— Obrigado! — Suiroshi e Emi exclamam ao mesmo tempo, com uma reverência automática, e vão de mãos dadas pelo estacionamento, juntos e sozinhos mais uma vez, quase correndo para escapar das rajadas de vento.

Ao chegarem perto do carro, Emi destrava o alarme com a chave e o carro acende as lanternas, como se voltasse à vida ao ver a dona. É a sensação de Suiroshi ao ver o pequenino *Smart For Two* cor de laranja.

— Cara, ele parece um bichinho de estimação. Parabéns pelo bom gosto.

Suiroshi pega Emi pelos ombros e a encosta na porta do carro, pressiona seu corpo contra o dela e lhe dá um beijo intenso, invade sua boca de forma sedenta e ela corresponde com a mesma dose de desejo. É a primeira vez que se abraçam de frente, sentindo seus corpos, castigados pelo vento, com frio e calor ao mesmo tempo. Agarram-se pelos cabelos em desalinho, com tanta paixão que chegam a ficar desajeitados, desequilibrando-se sobre as próprias pernas meio bobas da viagem. Olham-se longamente com fogo nos olhos.

Eles entram e ele elogia o carro por dentro também. Quando Emi gira a chave, ele suspira aliviado de estar ali com ela. Sem nenhuma reserva, fala, sincero:

— Tive medo de te dizer adeus. Tenho medo de você sumir.

— Vou te levar até sua casa e descobrir onde você mora. Nunca vai se ver livre de mim. Espero que esteja preparado para isso, Sr. Takeda. Preciso que coloque seu endereço no GPS.

— Promete que não vai sumir, Emi-chan? — ele pergunta enquanto adiciona rapidamente o endereço de seus pais no espaço de favoritos do aplicativo de Emi.

E não acredita que está sendo tão meloso. Ele não é assim. Começa a rir sozinho conforme Emi conecta o *Spotify* e enche o pequeno carro de uma música forte e estilosa.

— *Two weeks in Spain makes the year disappear easy*... Conhece? — ela pergunta e começa a cantarolar, dirigindo para a saída do estacionamento.

— Não. Só sei que deve ser dos anos 1970. Coisas que meu pai ouve.

— O que nossos pais ouvem sempre é o melhor! Mas conheci essa banda no Japão, dentro de um táxi, na outra semana. É estranho, porque parece mesmo aquelas coisas que a gente traz da infância.

Suiroshi observa seu perfil delicado enquanto ela dirige atenta ao trânsito perigoso e carregado de São Paulo. Precisa se segurar, sua única vontade é tocá-la.

— Está me encarando muito.

Suiroshi apruma as costas e olha para frente.

— Aquele anel envenenado. Estou muito hipnotizado.

— Dizem que só funciona em quem tem uma predisposição à hipnose e quer ser hipnotizado.

— Eu quero ser.

Suiroshi fecha a porta atrás de si assim que desce do carro diante da casa onde nasceu e viveu por dezesseis anos. O portão está aberto e a família, na calçada, esperando por ele. A casa está iluminada e ele vê o pórtico decorado com enfeites coloridos de dobradura. Dando a volta, abaixa-se diante da janela com o vidro totalmente abaixado. Emi não desliga o motor.

— Quer descer e ficar com a gente?

— Tem uma festa me esperando também. Tenho que ir antes que a canseira comece a se manifestar.

— Está bem para dirigir?

— Estou ótima, obrigada. A gente se fala...

Dando um passo para trás, Suiroshi vê o pequeno *Smart* deslizando pela rua e se perdendo adiante. Sente um calafrio. Pela primeira vez, sente-se totalmente perdido com o que está acontecendo. Volta-se para a casa onde foi amado e educado, e da porta ampla da sala sai uma pessoa que nem em mil anos poderia sonhar em rever. Começa a chorar e não tenta se segurar, desaba feito criança que levou um tombo.

— Mas que molenga! — Quem fala é o rapaz que o alcança na calçada e lhe dá um abraço muito forte.

— Guil! *Wilhelm!* Eu não acredito — Suiroshi diz com a voz embargada, retribuindo com energia o seu abraço, grato por não estar mais com dor na costela. Ainda assim, mantém-se meio curvado, como que para se proteger.

— Não acredita em que, seu trouxa? Eu ainda sou seu vizinho — Guilherme responde, ríspido.

— Você ainda mora aqui? Seu preguiçoso, quando vai ganhar o mundo?

— Ah, é assim que me agradece por eu estar ajudando seus pais naquele raio de horta, seu desertor? O mundo eu já ganhei e já perdi. Fodido por fodido...

— Truco! — Suiroshi e eles entram rindo para a festa que a Sra. Takeda preparou.

A família se junta aos antigos vizinhos, pais de Guilherme, que é filho único, e além deles mais duas ou três pessoas do convívio da família estão ali para ouvirem as aventuras de Suiroshi, que não demora a protagonizar o evento, relatando coisas variadas, respondendo a todas as perguntas dos curiosos. Quando começa a sentir sinais de canseira da viagem, todos já se foram e ele está deitado no sofá, com sua mãe afagando seus cabelos e o velho cachorro aos seus pés, depois de deixar de lado a desconfiança de dez anos sem o ver. Esse carinho o embala e ele se entrega ao torpor.

— Querido, vai descansar na sua cama. Vamos, vamos.

— Olha o Kin. Ele está com a cara branca. E mancando.

— Está muito idoso. Às vezes acho que ele só estava te esperando para se despedir...

— Não, mãe! — Suiroshi se senta e encara o cachorro, que agora está com a boca meio murcha pela falta de alguns dentes e mesmo assim parece sorrir enquanto dorme. Não será culpado por outra morte. — Ele ainda está forte, não está, garotão?

—É o vira-lata mais valoroso desse mundo. Mas entenda que aos quinze anos está quase na hora.

Suiroshi olha com remorso para o cachorro cor de caramelo. Eram bons companheiros quando se despediram. Ele ficou tomando conta da casa junto da família Gruber até que os Takeda voltaram e o resgataram. Mas o seu amigo não voltou e ele passou toda a vida sem nunca mais poder se lembrar do menino que o levava ao parque. Agora, sem enxergar ou farejar direito, balança o rabo, mas talvez não o tenha reconhecido.

Deixando sua mãe arrastá-lo pela antiga casa, que lhe parece imensa depois de tanto tempo, ele só quer se deitar, tem areia nos olhos. Tudo pode ficar para depois. Só tira os tênis e puxa os cobertores. Sua mãe afasta seus cabelos desalinhados com a ponta dos dedos e dá um beijo em sua testa.

— Bonita a sua namoradinha. Depois você vai me contar tudo sobre ela — ela fala com um tom enigmático.

Suiroshi fecha os olhos, perdido em um sorriso só seu.

— Ela é a mulher da minha vida.

11

Sem saber onde está ou que horas são, Suiroshi desperta e fica olhando para as paredes ao seu redor, na penumbra. Seu quarto é grande, e o teto alto parece tão longe. Os imóveis no Japão são minúsculos perto das casas gigantescas e antigas deste bairro. Ele lembra que atrás da casa assobradada o terreno é absurdo de extenso. Um quintal todo verde, que é bonito de ficar olhando pela varanda em dia de chuva. Pedaços de memória que faz tempo não o assaltam.

A primeira coisa que lhe arranca um sorriso é lembrar que Guilherme esteve na sua festa de boas-vindas. No dia de sua partida, eles brigaram de socos e juraram nunca mais olhar um na cara do outro. Os pais de Guilherme aceitaram a tarefa de cuidar da casa dos Takeda em sua ausência. Zelaram pelo imóvel durante os quatro anos. E no retorno, os Takeda não trouxeram o filho mais velho. Guilherme já era quase um adulto, ficou triste que seu amigo não voltara. Mas na época isso não o impactou, estava nos anos intensos de faculdade e se dedicando ao primeiro emprego.

Agora estão ambos num momento de incertezas. Guilherme também está desempregado, já faz mais de ano que não trabalha e suas economias minguaram bastante. Apesar de assumir o volante da van do Sr. Takeda e o ajudar na horta, ele não aceita receber pelas horas de trabalho. Faz meses que sua última namorada se foi. Pelo visto, o fascínio de seus olhos azuis não fez efeito quando não pôde mais pagar pelos restaurantes da moda.

— Pois é, meu amigo, ainda bem que não caí na besteira de casar. Ela teria me largado na primeira crise e ainda ia querer compensação.

— Emi não vai me largar por causa de desemprego. Eu já a conheci desempregado!

— Sortudo!

Guilherme lhe dá um soco solidário no ombro que o pega de surpresa.

Suiroshi se lembra da amizade de Ken, lembra-se de que foi ele que começou com a mania de dar socos no coitado. De início, Ken estranhou muito, pois era sempre poupado de tudo, como se fosse um serzinho de vidro. Provavelmente, foi por isso que ele se tornou amigo de Suiroshi, porque apanhar dele era o mais perto que podia chegar de ser igual a todo mundo. Suiroshi não sabia a importância que isso tinha de início, e foi muito espontâneo. Porque Guilherme o socava a todo instante e isso era parte de sua amizade, de sua expressividade. E agora, na falta de Ken, o soco de Guilherme encontra o caminho para seu ombro de novo. Seu destino é viver roxo.

Viva a amizade.

Espreguiça o corpo comprido e se descobre. Vê que está com a roupa da longa viagem ainda e se sente fedorento e sebento. Precisa de um banho urgentemente. Só uma coisa é mais urgente que ficar limpo. Apanha o celular novo sobre a mesa de apoio e verifica que está carregado. Desconecta do carregador e imagina que sua mãe, além de o colocar para carregar, ainda o deixou no mudo para nada atrapalhar seu descanso. Já começou a mimá-lo e isso é muito gostoso.

Quando abriu o presente, ficou contente. Precisaria mesmo de um celular novo. E esse é excelente, tem uma câmera ótima. A primeira coisa que fez foi adicionar o número de Emi e lhe mandar um "olá", para ela adicioná-lo de volta. Ela respondeu no mesmo instante e se deram os boas-noites.

Agora não há novas mensagens nem chamadas. Fica meio frustrado, olhando para o aplicativo com um único contato cadastrado, e Emi iluminada pelo sol japonês na pequena foto tirada num dia de férias. Sua namorada. Linda.

Seu coração pula quando abaixo do nome dela surge a palavra mágica: *on-line*. Ele arrisca:

Oi.

Ela responde meio segundo depois; ele adora a rapidez com que ela responde e já começa a fazer planos:

Oi.

Dormiu bem, menina?

Quase morri de tanto dormir! E já estou pronta para outra! E você?

Vou tomar banho ainda. Estou imundo.

Suiroshi, seu idiota. Isso é coisa de mandar para ela? Ele respira fundo. Emi deve pensar nele todo cheiroso. Ele se levanta, inconformado com a própria estupidez. Ela responde com risadinhas e o convida para saírem para comer, afinal ela tem uma cidade inteira para mostrar a ele. Suiroshi responde rápido, a cabeça inventando história.

Eu quero muito passear com você, mas tem um problema.

Ela manda uma carinha interrogativa. Ele pressiona o botão de áudio e lhe fala com a voz rouca de quem estava dormindo. Mas tem o cuidado de falar em japonês, porque sabe que isso a seduz:

— Emi, oi. Sabe, ontem minha mãe pirou e fez comida para uma multidão. Tem muita comida nessa casa. Ela te convidou. Por favor, não recuse a comida de dona Fumiko. Isso é importante para ela.

A resposta demora. Ele olha para a tela, ansioso. Deve ter feito alguma coisa errada. Ela está ali do outro lado, sem responder. Até que enfim ela digita e ele se lembra de respirar:

Sr. Takeda! Isso é muito inusitado!

Ele sorri. Quase pode ouvi-la falando isso em tom de censura. Responde em áudio de novo, para ficar mais convincente:

— Eu sei, Emi. É muito cedo para isso e eu também não devia concordar. Mas ela é uma excelente cozinheira e fica orgulhosa quando é elogiada. Se você não vier, ficará ofendida. Por favor?

A resposta demora mais uma vez. Suiroshi sente o suor brotar nas axilas. Então vê que ela está digitando.

Então corre pro banho, seu fedorento!
Estou indo! Em uma hora.

— Vou te esperar no portão.

Suiroshi pega a mochila, em que há uma troca de roupa completa e tudo mais de que precisa, além da jaqueta de couro preta, e vai para o banheiro no fim do corredor, onde toalhas limpas o esperam. Vai caprichar para a chegada de sua namorada para seu primeiro almoço em família.

O dia límpido de vento cortante e um sol que não aquece: o frio escala suas pernas no jeans justo, e ele a espera, pontual, diante do portão. Do outro lado da Rua Sebastião Carneiro, o verdejante Parque da Sabesp desprende de suas entranhas um frio ainda mais profundo, que lhe chega em ondas paralisantes. É bem bonito viver diante de um parque, mesmo que ele seja protegido por um gradeamento e não se possa simplesmente atravessar a rua e caminhar sob as árvores. Imagina se não era essa imagem em seu subconsciente que nos últimos anos o arrastou quase todo fim de semana para o Parque de Chiba. Sente-se em casa quando está diante do mato, sentindo seu cheiro.

Assim que avista a Mercedes cor de laranja chegando pela rua, sente uma descarga elétrica pelo corpo. Agradece por não ter esperado em jejum, ou ia cair duro. O coração se flagela contra as costelas quando ela estaciona e sai, toda agasalhada em uma roupa preta. Muito *sexy*, mesmo estando toda escondida pela peça de lã escura que a envolve pelos ombros. Ele sabe que dentro de casa ela vai despir aquela espécie de poncho e revelar suas formas incríveis, e ele vai sofrer para manter as mãos longe dela inteira.

Porém, não é a sensualidade ou o fato de ela ter obviamente caprichado no *look* o que mais o extasia. É inesperado, e mais uma vez ele vê. E não é alucinação.

Ela tem uma aura dourada, que irradia como um sol. Vai além de seu sorriso.

É a coisa mais linda que Suiroshi já viu.

— Demorei?

— Está uns quatro minutos atrasada. Eu te perdoo.

Não existe hesitação, estranheza alguma. Ela se arremessa ao seu pescoço e ele a ergue no ar, cheirando seus cabelos. É tão perfeito que dói o peito.

— Vamos morrer de hipotermia se não entrarmos agora.

— Eu já estou aqui, Suiroshi, então não vou perder tempo te perguntando se você tem certeza disso.

— Pode me chamar de Sushi, se quiser.

— Até o nome é gostoso, minha Nossa Senhora!

Ela ri e entram de mãos dadas na ampla sala, que é antiga, mas não velha, pois possui a vivacidade dos moradores. Paira um ar de harmonia na bagunça, como se mais de um morador fosse responsável pela decoração e os gostos diferentes se complementassem, ao invés de brigar entre si. Algumas gravuras aquareladas muito antigas chamam sua atenção, emolduradas sobre a lareira, que deve estar sem restauro desde a construção da casa. O cachorro já surdo a ignora e ronca, adormecido. Emi se diverte com sua sincera frieza. Por ser uma apaixonada por animais ela desculpa tudo neles.

Um piano muito lustroso e com ares de peça central do ambiente exibe vários retratos da família ao longo de décadas, inclusive algumas fotos são em lugares famosos do Japão. Emi gostaria de ficar ali admirando os sorrisos de Suiroshi quando menino e adolescente, sempre lindo de morrer. Mas ela logo se deixa ser levada para diante dos pais dele, com um leve frio na barriga pela rapidez com que está sendo introduzida no lar Takeda.

O casal de meia-idade é bem receptivo, brindam com saquê conversando em japonês e os quatro se sentam à mesa de jantar da sala contígua diante de tal variedade de pratos que reforça os argumentos de Suiroshi ao convidá-la. Há muita comida ali, é verdade que não faria sentido saírem para comer fora.

Depois de elogiar várias vezes a refeição, Emi faz uma breve reverência à dona da casa:

– Sou muito grata, Sra. Takeda.

– Pode me chamar de Fumiko. Esse nome soa estranho aqui no Brasil, mas não vai soar estranho para você.

– Obrigada, Fumiko, pelo seu convite. Quando Suiroshi me disse que ficaria ofendida se eu não viesse, eu vim correndo e estou feliz pela sua delicadeza comigo.

– Meu convite, Emi? – pergunta a senhora, sorrindo ao olhar para o filho.

Suiroshi arregala os olhos, contendo o riso, e os músculos de sua face se contraem.

– Só que eu não te convidei – a mulher fala com um sorriso oriental inescrutável.

A garota para de mastigar por um instante. Engole com alguma dificuldade e passa o guardanapo pelos lábios duros.

— Takeda Suiroshi! — fala Emi entre dentes, mal podendo crer que o estava chamando de "Sushi" agora mesmo, durante o almoço. E ele fazendo-a passar por uma assanhada oferecida, *filando boia* ainda por cima.

— Filho, você mentiu para a moça, falando que nós a convidamos para vir aqui comer as sobras de ontem? — O pai engrossa a bronca. — Quem, em sã consciência, convida a futura nora para comer sobras?

— Menino, isso não foi bonito— fala sua mãe, fingindo estar consternada.

Paira um ar indisfarçável de comédia no ar. Sem pode aguentar mais, Suiroshi começa a rir, um riso contagiante que seu pai acompanha gostosamente. Sem saber se estão furiosas ou constrangidas de verdade, a mãe e a namorada também acabam rindo e jogando guardanapos sobre ele.

No fim da tarde chega Cíntia, a interessante irmã caçula de Suiroshi, e ainda há tempo para Emi se despedir dela antes de ir embora.

Mais uma vez eles se abraçam diante do portão, feito namorados adolescentes se despedindo.

— Adorei sua família. Mas não espere que eu vá retribuir te enfiando lá em casa. Minha mãe te encheria de perguntas indecorosas.

— Agora seria o momento certo, então. Eu não precisaria mentir, porque nós ainda não estamos na etapa indecorosa do namoro...

— Sabe que tem razão? O encontro aqui hoje foi divertido. E bem leve.

Emi se solta dele e vai para o carro. Suiroshi sente o ar lhe faltar. E enquanto tem uma necessidade orgânica de lhe implorar que não vá embora, fica só olhando-a ir. No seu polegar, sobre o volante, o anel de pedra roxa.

Emi o cativa tanto que já não sabe o que fazer para se preservar. O medo volta a assaltá-lo como o frio que sopra do parque.

Ele entra correndo na casa de seus pais, a casa na qual prometeu a si mesmo que não ficaria por muitos dias para não ser fisgado pelo amor e pelo conforto. Pensa em talvez nem desfazer totalmente as malas para não se esquecer de que precisa ir cuidar da própria vida.

Emi respondeu com naturalidade a diversas perguntas dos pais e Suiroshi soube de muito que ainda não sabia. Descobriu que ela mora sozinha na Mooca, no apartamento que herdara do padrinho japonês, que é o seu elo com o Japão. Já seus pais nunca se mudariam do Ipiranga e ela os visita toda semana. Ela tem dois irmãos bem mais velhos que ela, um que mora na Europa, e outro, nos Estados Unidos. Ela nasceu quando seus pais já não esperavam por filhos; foi uma grande surpresa, um susto e uma paixão para eles, que já se sentiam na idade de ser avós. Por isso talvez a tenham mimado um pouco.

Suiroshi não consegue imaginá-la sem estar sendo mimada. E já tem saudade. Precisa se segurar para não ir direto ao celular para lhe dizer que a ama.

– Suiroshi, sobre a sua namorada. Gostei dela.

Ele encara a mãe, vê que ela está falando sério e vai até ela, enche-a de beijos e de agradecimentos pela acolhida, e ela percebe que ele fala a sério e que Emi é mesmo importante.

Na manhã seguinte, o perfume de café coando chega ao quarto e Suiroshi desperta com uma sensação de lar pairando no ar. Ele não sabe se só imaginou o cheiro, e mesmo assim pula da cama e se prepara para viver seu primeiro dia na vida nova, o que inclui ir à horta. Agasalhado, furta a câmera da mala para fazer fotos nas quais poderá trabalhar quando comprar um computador.

Encontra a mãe sozinha na cozinha, bebendo de uma caneca grande e lendo uma revista japonesa da pilha que ele trouxe, sobre suas aventuras. Ela usa os óculos na ponta do nariz pequeno, os cabelos pretos em corte Chanel curto, acomodados atrás das orelhas. Ele a focaliza e enquadra sua primeira foto. Ela apenas sorri discretamente ao carinho.

— Bom dia, mãe. Cadê o pai?

— Já foi trabalhar — responde como se fosse óbvio.

— Tão cedo? — pergunta Suiroshi, espantado.

— Ele precisa entregar as encomendas dos restaurantes para o almoço. E não é tão cedo assim, no inverno parece que o dia não clareia nunca. Quer café?

Suiroshi sorri para si, estranhando a casualidade do momento. Há uma sensação tão familiar no ar, como se ele simplesmente não tivesse passado uma década fora. Sua mãe parece tão habituada à sua presença, denotando a mesma familiaridade. Ele suspira.

— Quero. Pode deixar que eu me sirvo.

Ficam saboreando o café, sentados um de frente para o outro.

— Você sabe que ele só trabalha de manhã e eu, só pela tarde, na horta. Sempre dividimos as tarefas assim. Nada dos dois lá ao mesmo tempo. Dá briga e as plantas estressam. E sendo uma jornada reduzida, ela é pesada.

— Eu sei. — Suiroshi respira fundo, mudando de assunto, com coisas sérias passando pela cabeça e tomando seus pensamentos: — O Guil realmente não aceita receber pelo trabalho com o pai? Não está certo, por mais que você lhe dê legumes e verduras e ele nunca precise fazer a feira.

— É um turrão. Quando seu pai desce, ele aparece. Todo dia. Limpo e de barba feita, com a roupa em ordem. Tenho pena. Um ano sem emprego. Se não fizer isso, vai se sentir um inútil. — A mulher bebe café e olha o filho por sobre a borda da xícara. — E será um inútil...

— Mas como ele não consegue arrumar um emprego?

Fumiko respira fundo. Não vê motivos para esconder do filho o que sabe. Encolhe um pouco os ombros, fecha a revista com os lábios comprimidos e guarda os óculos no estojo surrado.

— A mãe dele me contou... coitada da Yumi, passou tanto tempo em silêncio. Somos amigas desde sempre, e ela demorou muito para se abrir. Tinha vergonha, mas não revelar o que aconteceu era pior, ficava mais vergonhoso. É que houve um problema grave na empresa em que o Guilherme trabalhava, no interior do estado. Metso é o nome da empresa, se não me engano. Ele tinha se mudado para Sorocaba, cidade que tem muitos japoneses e descendentes. Lá ele foi acolhido, viveu e foi independente, namorou, se divertiu, tocou em bares, que é o que mais ama fazer nas horas de lazer, tornou-se um homem de verdade.

Ela baixa a voz para um pouco mais que um sussurro.

— Mas na empresa aconteceu um escândalo de corrupção com desvios de dinheiro. E foi ele quem descobriu. Os ladrões ofereceram muito dinheiro para ele se calar a respeito do esquema. Mas ele é honesto e disse "não". Acabou como envolvido, conseguiram reverter tudo contra ele, e deu justa causa em sua carteira de trabalho. Sujaram seu nome. O patrimônio que ele começava a conquistar, precisou entregar como se estivesse devolvendo. Muito injusto cair sobre ele indenizar a empresa. Outros roubaram e o dinheiro limpo dele foi levado num acordo interno na empresa para ele não ir para a cadeia. Assim, ele voltou derrotado, desonrado e falido para São Paulo. Ele não consegue emprego formal. A namorada sorocabana acreditou que ele era corrupto e o deixou. Só os pais acreditaram nele na época. Você sabe que ele é reservado, quase sem amigos. Ficou pior agora. Ele às vezes toca em bares, mas seu estilo é restrito, não tem muito onde tocar.

Fumiko se levanta e vai até a pia, onde descansa sua xícara na cuba. Fica olhando para seu resto de café, envergonhada por ter contado tudo isso ao filho.

Suiroshi termina o café em silêncio. Guilherme é jazzista. Se fechasse os olhos, viajaria em seu trompete como se estivesse diante de Miles Davis. É incrível. Mas jazz não enche barriga de japonês austríaco brasileiro.

Guilherme é honesto, não aceitou o dinheiro dos roubos alheios. E acabou na merda. Que porcaria de mundo.

Com raiva, Suiroshi se levanta e sai para a varanda que dá para os fundos da propriedade. O frio está mais ameno do que na véspera e os raios de sol brilham sobre os canteiros, que tomam quase toda a extensão cercada por muros altos. Vários tons de verde, verduras e legumes. Lá no meio das couves, o vulto acocorado de seu pai.

O Sr. Takeda se levanta e se depara com o filho ali no corredor das couves, dando-lhe bom-dia. Olha para o rapaz e em instantes desata a rir em vez de responder ao cumprimento. Quando já tem lágrimas nos olhos, balança a cabeça e lhe dá um tapinha camarada no ombro.

— Vestido feito estrangeiro e com uma câmera pendurada no pescoço. Você pensa que a horta é ponto turístico?

— Assim você me ofende, pai. Essas são as minhas roupas. No Japão, elas são normais.

— Está ridículo, isso eu posso dizer. E essa câmera?

Suiroshi só meneia a cabeça, vencido.

— Eu pensei se ainda temos o Pomar Pequeno. Ia fazer umas fotos lá.

O pai endireita as costas. É tão alto e magro quanto Suiroshi, mas seu rosto é muito diferente, muito mais duro, e só se suaviza quando ele ri, como há pouco.

— Depois daqueles anos, o Pomar Pequeno tinha sobrevivido só com o sol e a chuva. Quando chegamos de volta, ele estava morrendo. Sua mãe cuidou muito dele e recuperou todas as árvores. Não perdeu nenhuma! Era uma questão de honra. Na cabeça dela, esse pomar é ligado a você. E ela sabe cuidar de árvores, tanto quanto de filhos. Vai lá. Vai tirar suas fotos, turista.

Suiroshi o deixa e caminha pela terra úmida até o canto direito, no fundo no amplo quintal, onde se exibem pouco mais de três metros quadrados de terreno pavimentado de pedras irregulares e fofas de musgo, com muitos vasos de concreto envelhecido, cada um com uma árvore plantada. As árvores têm a sua idade. Eram o passatempo da mãe durante a gestação. Ela aprendeu tudo sobre bonsai, como cultivar, como conseguir que se tornassem belíssimas miniaturas retorcidas e cheias de personalidade. Ele vê a laranjeira, a cerejeira, o limoeiro, a macieira, e ainda há o belo par de ciprestes.

O Pomar Pequeno produz flores e frutos em miniaturas perfeitas. É tão maravilhoso que enche os olhos de Suiroshi de lágrimas. Tinha dezesseis anos da última vez que esteve ali. As plantas são muito mais belas agora, adultas, férteis. As árvores não saem de seu lugar e sua vida é tão simples.

Apanha uma pequena maçã e a cheira antes de comê-la. Come várias frutas teimosas que aparecem, temporãs, em pleno inverno, absorto, buscando ângulos perfeitos dos troncos escuros em formas peculiares. Só depois de mais de cinquenta fotos, ouve sua mãe chamando, vindo pelo meio dos canteiros. Quando se ergue e a vê chegando, não se contém e a encontra com um abraço.

— Obrigado, mãe. Nunca vi nada mais incrível.

Ela fica orgulhosa, também acha que é o pomar mais lindo do mundo.

Guilherme já chegou e os amigos ajudam o pai a carregar a van. Só então Suiroshi volta sozinho para os fundos da casa e respira o ar frio com cheiro de terra revolvida. Se fechar os olhos, sentirá estar no interior. Ele precisa se distanciar do celular o mais que pode, por isso o deixa dentro da casa. Fica descalço no degrau da varanda e volta para os canteiros sentindo o chão nas solas dos pés.

Está frio, mas o sol vai esquentar um pouco. A primavera se aproxima e em breve esse frio vai viajar para o Hemisfério Norte.

Suiroshi caminha lentamente onde o Pomar Pequeno se acomoda sobre o pavimento desgastado, contudo fica no limite dos canteiros e sem subir no pavimento, sentindo ou imaginando seu fluxo de energia penetrar na terra, limpar-se nela. Respira fundo diversas vezes e fica um tempo esfregando as mãos. Avista o pé de romã, que parece ter sentido um pouco os rigores do inverno. Está seco, apesar do zelo de sua mãe. Sente-se em equilíbrio, já pode sair da terra e subir no pavimento.

Aproxima-se e se agacha diante dele, faz uma invocação, concentra-se nos seus chacras, agradece a Deus e assopra nas mãos. Busca dentro de si o poder que é forte e impaciente para curar. Sua energia é assim, manifesta-se sem passar por ponderação quando na sua frente está um ser vivo precisando da cura. Aproxima as mãos da arvorezinha triste e aplica reiki nela.

Ao terminar, e antes que tenha chance de se levantar, sente a mão forte de seu pai em seu ombro. Imaginou que ele tivesse ido fazer as entregas com Guil. Sente-se pego fazendo uma travessura. Não fala nada e se senta na borda do pavimento. O pai o acompanha. Ficam olhando para os canteiros em produção. Alimentos nascendo, desenvolvendo-se outros na hora de colher, alguns deixados para florescer e dar sementes para novo plantio. Muitos ciclos em andamento, todos tão bonitos que dispensam palavras, apesar de ser inverno, época pouco propícia. É a época mais trabalhosa do ano, quando nada "dá sozinho".

— Você curou a romã, Suiroshi. Agora ela vai para frente.

— Você conseguiu... ver?

— Eu vi o seu brilho. E... eu vi o brilho em Emi. Você fez a escolha certa.

Eles falam baixo, de forma muito grave. Suiroshi arregala os olhos. Então seu pai... Quer lhe dizer que foi Emi que o escolheu, não o contrário. Não encontra palavras para falar dela ou de tudo que está acontecendo.

O homem assente com a cabeça.

— Suiroshi, eu quis tanto te tirar daqui quando era menino. Foi muito sacrifício para todos nós, mas eu consegui. Você venceu na vida. Voltou homem feito, rico.

Suiroshi baixa o olhar. Fica olhando os próprios pés sujos de terra, em contato com o mesmo solo onde engatinhou antes de saber andar.

— Não me arrependo — o pai prossegue. — Você precisava viver tudo que viveu. Seja lá o que tenha sido. Nunca vou saber o que você viu. A não ser as histórias tolas que conta e faz todo mundo ficar rindo. Mas eu sempre soube que aqui era o seu lugar.

— Aqui, pai?

— Aqui.

O homem aponta para o centro do peito e depois para os canteiros. Quando fala, está ríspido, tentando não demonstrar emoção.

— Sempre pensei que se você voltasse, era porque escolheu voltar. Eu nunca tive vergonha de ser um verdureiro. Mas você era especial! Não era para começar e acabar sua vida aqui nesse quintal! Ainda que eu soubesse que seu lugar era acocorado, cuidando de plantação, eu não queria isso para você. Precisei te levar para longe. Ou você acabaria aqui, de pé sujo, aplicando reiki nas romãs de sua mãe.

— Se a minha felicidade estava aqui... Preferiu que eu não fosse feliz?

Seu pai se levanta, bate a sujeira das calças justas e ajeita a blusa velha. É charmoso, como um homem de cinquenta e poucos anos pode ser.

Ele fala sem olhar para o filho, afastando-se com as mãos nos bolsos:

— Você não seria feliz se pensasse não ter escolha. E por outro lado, o que seria de vocês dois, se não se encontrassem naquele avião?

Suiroshi sente um aperto asfixiante na garganta. Jamais poderia imaginar ser amado daquela forma. Seus pais lhe deram todas as condições para escolher, para seguir seu destino, viver sua vida.

— Pai...

Levanta-se e anda pelo Pomar Pequeno, apanha algumas frutinhas invernais e as come sentindo-se tão pleno que poderia sair gritando. Observa atentamente tudo ao seu redor e prepara-se, aplicando reiki em mais duas pequenas árvores. E passa nos canteiros um tempo que não consegue saber com precisão, como se alguma outra dimensão o perpassasse.

Seu pai consegue ver!

No dia seguinte, os Takeda repetem seus rituais matutinos e a mãe de Suiroshi o alcança no meio do pomarzinho de bonsais.

— A van já está carregada e o Guil já chegou. Vai com ele fazer as entregas! Assim seu pai pode descansar mais cedo. Está muito frio e ele já foi se aquecer lá dentro.

— Claro! Vou, sim! Obrigado.

Suiroshi sai correndo pela horta, com a câmera fotográfica na mão e a vontade de registrar cada moita de salada que vê pela frente. A Sra. Takeda observa sua romã, o vê partir e responde para si:

— Obrigada, meu filho.

Guilherme aprova ao saber que Suiroshi vai acompanhá-lo no lugar do pai e vão pelas ruas de São Paulo, entregando os ingredientes dos restaurantes mais exigentes da região, com os produtos orgânicos Takeda. A van de entregas tem os dados da horta em uma foto já pálida dos produtos estampada nas laterais. O veículo é desgastado, mas o que sai dele faz a felicidade de muita gente. Comer bem é uma das grandes sortes da vida.

— Guil, você pode me levar num lugar?

— Desde que não seja em casa de amante, que eu não sou alcoviteiro.

— Alco... o quê? — Suiroshi começa a pronunciar a palavra impronunciável de Guilherme, e não consegue.

Ele ainda não está tão bom assim em português. Sempre faziam jogos de palavras. E ambos dão umas risadas saudosistas.

Enquanto a van desliza pelas ruas, Suiroshi faz uma busca no aplicativo do celular e preenche o veículo com uma música robusta.

— Que "rockão" setentão é esse, Suiroshi? Sonzeira, hein? — comenta o motorista, aprovando a seleção.

Ele é jazzista, nem é preciso dizer que admira tudo que é de execução complexa. Ele é chato, de tão seletivo com o que ouve.

— Gentle Giant. A banda favorita da minha namorada. Legal, né?

— Ela entende de música. Já gostei dela.

— Se tiver *um* pensamento idiota para o lado da Emi, eu vou te matar, seu palerma — Suiroshi já troveja.

Guilherme retumba de volta:

— Fica tranquilo, seu bocó. Se nesses dez anos a gente não se achou por aqui, não era para ser minha. — Então se acalma e fala baixo: — Ela é sua. Eu dei azar com umas namoradas e estou numa fase de entressafra. Mas a sua menina é a sua menina. Seu trouxa.

— E a Janice?

Suiroshi se lembra da menina de olhos claros e a camiseta verde de time de futebol. Guilherme não se espanta com a lembrança longínqua de Suiroshi. Para ele, não está nada longe.

— Ela tem um casal de gêmeos de quatro anos. E mora no nosso quarteirão desde que casou. O marido dela é o Ricardo, do basquete, lembra? Moram na casa dos pais dele, na rua de trás, quase de fundo com a sua casa. Quando eu vou tocar em algum bar, eles deixam os gêmeos em casa com os avós e vão me ver.

— Sério?

Suiroshi passa um tempo se lembrando da bela Janice e de Ricardo, que era o melhor jogador de basquete do colégio. Eles eram parecidos, atléticos e loiros de pele tão clara que eram alvo de brincadeiras de mau gosto. Devem ter formado um casal bonito.

Eles finalizam a entrega das encomendas quando passam das onze horas. Suiroshi convida o amigo a uma padaria para um café com pastel, mas não conhece nenhuma padaria, então pede ajuda para achar a melhor da região.

— E qual é o lugar a que você quer que eu te leve? — pergunta Guilherme quando estão sentados diante de uma porção de pastéis fritos na hora.

— Eu preciso ir ao banco. Vou conferir as contas e falar com meu gerente. Apesar de eu não ter marcado horário, acho que ele vai querer me atender.

— Falou o ricão do pedaço. Dependendo do montante, o cara vai chamar as floristas e forrar de rosas o chão em que você pisa. — Guilherme estreita os olhos à reação cômica de Suiroshi, com a boca cheia demais para replicar. E fala mais sério desta vez: — Já pensando em aplicar a grana? Faz bem. Voltou para casa, mas a vida não é férias. Você deve estar com um bom dinheiro. Seu pai se orgulha de não ter usado um centavo seu.

— Nem me fale em centavos — fala Suiroshi vagamente.

Quando chegam diante da agência na movimentada Avenida da Aclimação, Guilherme dá uma parada rápida na área de descarga e segue em seguida. Suiroshi nem sabia que a agência fica praticamente a meio quilômetro de sua casa. Voltará caminhando após a consulta.

Entra e se dirige ao balcão de informação, onde uma atendente de seus trinta e poucos anos mal levanta os olhos para atendê-lo. Até o fim da conversa, ela não presta atenção nele. Duas verdades arremessadas na sua cara: primeiro que o atendimento no Brasil não é cordial como o japonês, e, segundo, aqui ele é só mais um japinha magrelo, sem meninas correndo atrás aos gritos. Não tem do que reclamar, de qualquer forma. A atendente não é simpática, mas é eficiente. Ele é rapidamente conduzido ao andar superior, onde gerentes atendem de forma personalizada, em mesas amplas, e as cadeiras giratórias são confortáveis como poltronas.

Gustavo Suzuki é seu gerente e o espera em pé, com um largo sorriso e a mão estendida. *Esse, sim, sabe quem eu sou*, pensa Suiroshi enquanto ambos fazem uma breve reverência. Para sua surpresa, o homem se apresenta e prossegue em um japonês impecável:

— Sr. Takeda, é uma surpresa e um imenso prazer lhe dar as boas-vindas. Está passeando no Brasil?

— Não vim a passeio. Voltei para casa.

— Que ótimo. — Celebra o gerente, que iria celebrar qualquer que fosse a situação de seu cliente.

Suiroshi está ali apenas para fazer as conferências. Ele já sabe o que pode ouvir. Mas só acredita de verdade quando vê os números em sua aplicação secreta.

É verdade. Ele é um milionário e ali estão todos os seus milhões.

Sente um bolo no estômago e imagens vertiginosas de Suyen o atingem, imagens de antes de ela se tornar um monstro, imagens que tentam se tornar doces no seu cérebro, e ele desconhece o que está sentindo.

O gerente não faz ideia de que nunca se comunicou com ele. Prossegue de forma polida e chega a mencionar a eficiente agente japonesa que o escolheu para as transações pela facilidade do idioma. As aplicações são seguras e rentáveis. Suiroshi fica com a cabeça meio aérea com as projeções e explicações. É muito dinheiro.

Eles mantêm o diálogo em japonês, sentindo-se mais seguros para falar em tais valores sem as pessoas da mesa ao lado entenderem.

— Bem, acabo de chegar arrastando apenas uma mala de roupas. Preciso comprar alguns imóveis, alguns carros. Investir e morar bem. Enfim, como agora não tenho mais a agente, espero contar com sua ajuda direta para efetuar pagamentos altos.

— Isso não será problema, Sr. Takeda. Sou o gerente dos negócios do seu pai também, como o senhor sabe. Confie em mim, tudo que desejar eu farei com desembaraço e discrição, como já tem sido feito.

Eles se despedem com nova reverência, sem apertos de mão ou maiores aproximações. Suiroshi já tem os cartões de crédito e débito referentes à conta que seu pai tem administrado. A conta com seu dinheiro de técnico de TI. Essa também não é minguada.

Ele poderia ter a cabeça erguida, valendo-se apenas dela.

Volta para casa com uma certeza, a de que não terá nenhum problema de consciência. Não é santo nem idiota. Se essa é a forma que o universo encontrou de lhe devolver os seus intermináveis dias de terapia debruçado sobre animais e plantas, ele aceita.

Passa diante do sobrado dos pais e se encaminha ao portão vizinho, parando por um instante diante da ampla casa térrea dos Gruber, com fachada quadrada e grandes vidraças quadradas também, no estilo arquitetônico do início dos anos 1970. É uma casa bem conservada. Aperta a nuca com os dedos e respira fundo. Toca a campainha e vê seu amigo Guilherme Eiji Gruber vindo em seguida.

— Como foi no banco? — Quer saber Guilherme.

— Tudo certo. Posso começar um negócio qualquer, ao invés de procurar emprego.

— Já tem algo em mente? — pergunta a Suiroshi enquanto fecha o portão e ambos vão para o interior aconchegante da casa, fugindo do frio.

Ele está sozinho fazendo almoço. Seus pais voltam só à noite.

Suiroshi responde, encolhendo os ombros:

— Não tenho ideia do que fazer. Vou começar a pesquisar o mercado. Você sabe de alguma coisa em alta?

Guilherme pensa um instante, voltando para o fogão.

— Construção civil, talvez. Teve uma alta considerável esse ano. Nos próximos anos será investimento sólido, e se você tem capital imediato, pode ficar rico.

— O cheiro está bom.

— Dá pra dois. Senta aí. Quer uma cerveja?

Sem esperar resposta, Guilherme coloca uma cerveja *daquelas bem caras* diante do amigo e pega uma para si. Abrem e brindam.

Suiroshi se sente nostálgico na cozinha que não mudou desde quando a frequentava para tomar o sorvete de cerveja que o pai de Guil fazia. Germânicos são assim, tudo no que tocam vira cerveja *daquelas bem caras*. Deus os abençoe! Os meninos adoravam, pois não era alcoólico e podiam se esbaldar com o sabor amargo do gelado único, no fundo sentindo-se a fazer algo ilícito.

Ele bebe a cerveja artesanal e o sabor aumenta sua nostalgia, quando se depara com o pôster pendurado sobre o azulejo florido sobre a mesa de canto, que Herr Gruber trouxe da primeira viagem que os meninos fizeram a um país estrangeiro, no ano de 2008.

A cada dois anos, eles passavam uma semana de férias em Treze Tílias, no inverno infernal de Santa Catarina. Na casa das tias tirolesas que adoravam a presença dos sobrinhos; elas eram irredutíveis e jamais iriam embora da cidadezinha congelante, e censuravam com bom humor o irmão, que havia ido embora. No fundo, achavam engraçado ter o lindo sobrinho nissei. Aos olhos delas, os dois meninos eram iguais com suas cabeças de cabelo preto, e Suiroshi também era tratado como sobrinho. Só era difícil porque elas falavam em alemão com ele, e ele mal dava conta de falar português e japonês, e seu inglês na época era um rudimento ainda. Alemão nunca deu certo!

Suiroshi visitou o Uruguai com Guil e os pais quando tinha catorze anos, nas férias terrivelmente congeladas de julho, para um festival de jazz que acontecia anualmente na cidade de Rivera, na divisa com o Rio Grande do Sul. Eles fizeram uma parada de quatro dias apenas em Treze Tílias e seguiram para o Sul. Na época, Guil já era um bom músico e conheceu um jazzista canadense que lhe deu o seu trompete velho. É o instrumento musical que acompanhou o garoto em toda sua formação, o mesmo que ele ainda toca.

Cíntia lhe contou que Guil voltara a Rivera umas três ou quatro vezes nesses anos, durante as férias sulistas, e tocara com mestres consagrados nos festivais. Quando ouvia isso, Suiroshi, que então vivia seu sonho de artista em Tóquio, fantasiava que um dia ele e Guil poderiam fazer juntos algo na área das artes. Mas isso não poderá acontecer tão fácil, afinal Guilherme é um artista refinado demais, enquanto ele... é só um canastrão.

Eles ficam batendo papo durante o almoço simples, planejando negócios variados. Depois ficam sentados na cozinha, cotovelos sobre a mesa, falando de suas vidas, que tiveram rumos tão diferentes depois das tias em Treze Tílias e o jazz em Rivera.

— Eu vou dar uma van nova para o meu pai. Você me ajuda a escolher? Quero uma perfeita para o trabalho, e você sabe melhor que eu do que ele precisa.

— Ele vai ficar orgulhoso de você.

— A van velha fica para você, Guil. Você vende e o dinheiro fica pelo tempo que trabalhou de graça até agora.

— E você me achando com cara de puta a receber seus presentes.

Suiroshi encara o amigo. Ele está sério, sem conseguir esconder que se sente humilhado. Não vai ser fácil lidar com seu orgulho. É preciso tato e argumento. Por isso, Suiroshi respira fundo, dá uma apertada na nuca com a mão. Procura não se alterar, mas quando abre a boca sai o que Guilherme certamente já espera dele:

— Você está na merda, seu palerma! Vai ficar com frescura no rabo agora?

— Vá à merda, Suiroshi.

Eles falam em tom casual, sem agressividade.

— Quando eu estava na merda, porque meus pais só mimavam a Cíntia e se esqueceram que meu pé crescia, você me deu um tênis seu, novo! Eu ia acabar indo para a escola de chinelo no inverno se não fosse você. Eles precisavam cobrir a pirralha de mil presentes, gastaram com aquela porcaria de castelo de princesa que tomou metade do quarto, e eu estava ferrado.

Suiroshi parece estar falando sozinho, e Guilherme pode estar falando para si também:

— Como eu vou aceitar um carro?

— Da mesma forma que eu aceitei os tênis e não sabia o que inventar em casa para não apanhar por aparecer com uma coisa que não era minha. Vai aceitar inventando história. Engolindo o orgulho. E engolindo o choro, porque a vida é um saco.

Guilherme fica escarlate, o vermelhão subindo pelo rosto. Os olhos ficam úmidos e ele não tenta disfarçar. Suiroshi aperta a nuca de novo.

— Não é porque ficamos longe por uma década que precisamos ter mudado a ponto de um não tirar o que tem, da boca se for preciso, para dar ao outro.

— Suiroshi... Penso que amizade assim só existe entre adolescentes.

— Ah, então é assim? Então me fala, olhando na minha cara, que se fosse eu que estivesse precisando, você não ia me obrigar a aceitar sua ajuda.

— Eu ia, sim. E te daria uma surra se começasse com essa merda toda.

— Ainda somos adolescentes. Pronto.

Suiroshi se levanta de um salto, pensando em Ken. Levou minutos para se tornar amigo de Ken, assim como no parquinho levara minutos para se tornar amigo de Guilherme. Ele é assim, fácil e prático. Se a vida quiser complicar, complique-se sozinha. Ele não tem tempo para frescura.

— Resolvido. Amanhã vamos comprar a van nova, e a sua, você joga no Tietê se quiser. É sua, ponto-final.

— Eu poderia morar nela. Assim saía daqui e eles não precisavam ver minha cara todo dia. Meu pai é austríaco, e minha mãe, japonesa. Eles não têm a necessidade brasileira de lamber filho a vida inteira. Inclusive parecem meio incomodados comigo, mas estão de mãos atadas, sem coragem para me mostrar a porta da rua. E eu... tenho tudo sob controle. — Apressa-se em concluir.

Sua voz, no entanto, tem um pouco de ressentimento. Suiroshi acerta uma cotovelada leve em seu ombro, em uma manobra em arco, que usavam quando eram crianças.

— Pode ir parando com o drama, Guil. Você precisa de capital para começar algum negócio comigo. Quero sócio, e não funcionário. Pensa nisso. Obrigado pelo almoço.

— Eu que agradeço. Mesmo. E eu não vou ser um peso.

— Claro que não vai ser um peso. Eu mal estou te compensando por ter cuidado do meu pai e da horta. Eu te devo muito. Vamos trabalhar juntos. Estou tão desempregado quanto você. Só tenho recursos porque sou mais gato. Ganhei dinheiro desfilando. Você sabe disso.

— Eu sei, sua irmã me contava tudo. E como a gente ria.

— Ri agora, seu trouxa!

Assim que sai para a rua gélida, Suiroshi se sente revigorado. Arrancou risadas do amigo e isso é um ótimo começo. Pega o celular e liga para o número favorito, com atalho na primeira tela.

— Suiroshi? — Uma voz querida atende e ele sente as pernas amolecerem.

— Emi...Quero te ver.

— Eu também quero te ver, *amore mio*. Ainda tenho uma semana e meia de férias. Depois nós dois vamos ficar ocupados demais. E eu estou com medo disso. Vai dar tanta saudade, *mio cuore*... — ela fala num fôlego só, a voz de riso desafinando de ansiedade.

Desde o primeiro dia eles são assim, despejam tudo mesmo, não importa o que seja.

— Não quero nem pensar nisso agora. Manda seu endereço. — Ele fica em silêncio um instante, e pergunta, meio tímido: — Eu posso ir ao seu apartamento?

— Vou postar o endereço já com link! Que horas pode chegar?

Ele quer dizer "agora". Mas decide ser mais elegante e dar tempo à sua gostosa Emi que se arrume toda para ele.

— Às dezenove? Jantamos juntos?

Em instantes, chega o endereço e ele fica ali olhando e decorando cada esquina. Lembra-se dela a todo instante.

Às sete da noite, estarão juntos novamente, numa noite sem hora para acabar. Ele espera dormir colado nela, sem nem um milímetro longe, e amanhecer com uma vida renovada diante de si. Se não for pedir demais. E se for demais para receber, ele terá garra para conquistar.

Ansiosa, Emi arruma e desarruma tudo pela casa, a decoração, os tapetes e almofadas. Ela se demora um pouco a admirar as fotos antigas e as novas mescladas nos sete porta-retratos que saúdam quem chega, ao lado da elegante peça de vidro que serve de porta-chaves. A mais nova moldura é branca, tem cinco pequenas argolas coloridas na base, o símbolo olímpico, e, acima de seu enorme sorriso diante de um ginásio de esportes, a inscrição "Tokio 2020". Mesmo na capital japonesa é possível encontrar adereços e suvenires com grafias diferentes, às vezes "Tokyo", outras vezes "Tokio". Como o seriado da TV que lhe apresentou Suiroshi vinha escrito com "i", dando ares internacionais à escrita transliterada, ela se sente atraída por tudo que vem escrito dessa forma, sem nunca saber se está certo ou errado. Mas para ela é perfeito, e o seu encontro aconteceu em Tokio.

Encontro em Tokio. Isso dá nome de filme! Ela ri sozinha, a ansiedade aumentando deliciosamente. *Ele virá às sete!*

12

Com inveja dos mendigos por desejar estar com um cobertor nas costas, todo encolhido na calçada, Suiroshi espera o relógio marcar pontualmente dezenove horas para solicitar ao porteiro que o anuncie. Está tiritando. Não quis usar seu blusão disforme com desenhos geométricos porque já consegue manter-se com a postura ereta, só que parece ter sido uma ideia imbecil vir sem um agasalho que preste. O ar gelado chega aos ossos com bastante facilidade por não haver muito que os proteja, e ele está descobrindo que osso trincado dói mais quando exposto ao frio. Sua costela se destaca como uma cantora de ópera, gritando na lateral de seu corpo.

Por ser a primeira vez que usou o aplicativo e não sabia se o carro cumpriria a previsão de tempo da corrida, preferiu chegar adiantado. Pelo menos em seguida se vê no saguão antiquado do prédio, que, provavelmente, foi elegante um dia.

Com as pesquisas imobiliárias preliminares ao lado de Guil em mente, ele analisa que este é um prédio antigo, e, bem por isso, bastante sólido. Não tem as propostas atuais de espaços de lazer, com academia e parquinhos, jardins, ou varandas gourmet. Ainda assim traz uma sensação boa e familiar. Mesmo sem espaços de convivência, é ainda uma ótima opção para solteiros que ficam o tempo todo fora, estudando, trabalhando, e voltando para descansar apenas. Como Emi... uma solteira atarefada. Solteira? Ele espera estar mudando o status dela.

Quando leva o dedo ao botão 9, vê que sua mão treme. Não só a mão. Ele todo treme descontroladamente, e não é só de frio.

Chegando ao andar, a porta do elevador desliza e ele sai para o hall amplo e verde-floresta, com quadros a óleo em molduras entalhadas. Um em especial, e dos mais antigos, chama sua atenção, pois retrata uma paisagem de Okinawa. Deve ser uma peça da herança do padrinho de Emi. Parece ter adentrado um museu.

A porta do apartamento já está aberta. Ali, parada com um sorriso, uma aparição que desprende de si uma sutil aura de raios dourados. Suiroshi não se importa se estiver louco e vendo coisas. Apenas quatro ou cinco passos os separam, e mesmo assim ele precisa quase correr para ela. Não sabe como conseguiu esperar tanto. Emi levanta os braços e impulsiona o corpo para cima, saltando em seu abraço, encaixando-se nele com cada uma de suas curvas. Ficam assim um longo momento, e, quando se afastam o suficiente para se olharem, seus lábios se procuram num beijo faminto com sabor de gloss.

— Você está tão linda. Você tem uma... luz. Nem vou perguntar. Vamos jantar fora.

— Pensei em uma pizza com vinho aqui mesmo — ela responde e o puxa pela mão, fechando a porta.

— Tem certeza de que eu não vou te exibir pela cidade?

— Sushi, quer parar com isso? Estou de moletom e tênis!

— Mas é tudo *pink*. Está tão gostosa que parece um doce.

Ela ri, levando os cabelos lisos para trás das orelhas, toda vermelha de vergonha.

— Linda igual a um doce. Posso ficar só te olhando, aqui ou em qualquer lugar. E querendo te desembrulhar também.

— Vai ficar me elogiando assim, falando sem parar?

— De cinco em cinco minutos está bom?

— Pensei em usar sua boca de outro jeito.

Ri de novo, corando mais ainda. Ela o conduz ao sofá retrátil e reclinável, que é o mais confortável e firme em que Suiroshi já se viu. Ele se senta e suspira, pensando que até se brigarem, e ele for relegado ao sofá, estará no lucro. Fica admirado com o apartamento decorado com bom gosto, tudo tão moderno e novo. Da porta para dentro, não lembra em nada o prédio antigo.

— Vou pegar o vinho e as taças. Aproveita e fica me olhando então.

Emi vai à cozinha em conceito aberto e ele não perde um só de seus movimentos. Ela é leve, como se seus gestos fossem um balé.

— Posso abrir a garrafa, ou você gosta de ser cavalheiro?

— Eu abrindo vinho e servindo taças? Melhor não. Eu poderia quebrar tudo, porque ainda estou tremendo um pouco. Passei um frio danado lá embaixo. O Uber chegou cedo e eu fiquei na calçada esperando dar sete horas.

— Você não fez isso...

— Fiz. Sou mais cavalheiro do que você pensa.

— E bobo.

Rindo, ela prepara as taças e o chama para o balcão, onde brindam e começam a beber.

— Esse vinho é encorpado. Vai te aquecer em um instante, caro cavalheiro.

— Vamos ficar bêbados então.

Quando finalizam a segunda taça, Emi contorna o balcão e, sentada sobre os joelhos de Suiroshi, acaricia seus cabelos desalinhados com movimentos entre carinhosos e desajeitados enquanto se beijam. Suas mãos tremem. Ele percebe e fica mais excitado. Não é o único sofrendo com uma urgência orgânica que grita, borrando seus sentidos em uma embriaguez que excede ao vinho.

Sem poder esperar mais, ele a ergue nos braços sem parar de beijá-la e vai para o corredor. A planta óbvia do apartamento não o decepciona e logo entram no quarto, que é moderno e prático, com cara de coisa cara, como a sala. Uma luminária joga uma luz amarelada para o teto e todo o ambiente tem uma claridade agradável, sem penumbras ou sombras. Ele adora a ideia de não ter que imaginar nada. Vê cada detalhe dela e mostra cada centímetro seu.

Emi é muito hábil em ajudá-lo com suas roupas justas e cheias de zíperes. Não se importa em ficar só de cueca enquanto ela ainda está totalmente vestida em suas peças pink. O doce que ele começa a desembrulhar sobre a cama, num misto de pressa e vontade de fazer o momento durar. Ele não tem um bom repertório de palavras românticas, então não arrisca nada para não estragar o momento, que, de alguma forma, ele espera muito que seja um dos melhores de sua vida.

Tudo tem que ser perfeito.

Não tem música pairando no ar, nada que marque sua memória depois, apenas seus corpos se conhecendo. Eles ouvem suas respirações alteradas e o som macio das peças de roupa deslizando pelo corpo magro e forte de Emi.

Suiroshi a deixa só com a pequena calcinha rendada, do mesmo pink do moletom. Ela é muito alva, com as marcas do bronzeado do verão passado quase desaparecendo, e Suiroshi pode vê-la na areia de uma praia azul, rindo até os olhos fecharem, apertados como os de uma japonesinha. Em um *flash*, ele a vê e se vê com ela, em todos os lugares do mundo, juntos para sempre. Mas só o que importa mesmo é aqui, este instante. Tem tão forte a sensação de para sempre e sempre que espera não estar ficando louco.

Suiroshi sente a necessidade de envolver todo aquele corpo, sentir seu cheiro, seu sabor, ao mesmo tempo que sabe que não é só o corpo de Emi que ele precisa ter. Não tem como explicar nem a si mesmo, mas precisa dela como precisa de sua própria respiração e se esforça para não cair na besteira de lhe dizer que a ama. Não consegue pensar em outra coisa para falar. Então não fala nada.

Emi devolve cada uma de suas carícias, beija-o, aperta-o muito com os braços e as pernas, inala-o como se ele fosse oxigênio. Suiroshi sussurra seu nome várias vezes, com o rosto nos seios pequenos e firmes, sentindo o pulsar de seu coração como um tambor nas costelas. Ela sente o mesmo que ele, ele tem certeza, porque quando mergulham um nos olhos do outro se contemplam com lágrimas em meio ao fogo líquido do olhar. É tão intenso que ele tem medo. Suiroshi nunca experimentou nada assim.

Com muito cuidado, ele a acaricia e ela está muito molhada quando ele toca por cima da calcinha. Continuam se olhando nos olhos quando Suiroshi passa o dedo em leves círculos ao redor de seu ponto mais sensível e com um sorriso ela se entrega ao momento fechando os olhos. Suiroshi afunda a cabeça nos cabelos dela e sente que pode morrer. Mas quer muito viver eternamente, então começa a lentamente abaixar a lateral rendada com os dedos e leva a mão por dentro da calcinha.

A respiração de Emi de repente fica muito alterada, entrecortada, e demora alguns segundos para Suiroshi olhar para ela e perceber que não é de prazer. Em um instante o corpo dela todo se retesa como uma estátua. Emi não está tendo um orgasmo, ela está com os olhos vidrados, lutando para puxar o ar para dentro dos pulmões, sem conseguir.

De um salto, Suiroshi sai de cima dela, dando-lhe espaço para respirar. Ela puxa o fôlego, em vão, imóvel sobre a cama, com alguma coisa bloqueando as vias respiratórias.

— *Emi! Emi!* — ele grita, rouco, ainda tomado pela excitação e com o medo mais absoluto sobrepondo-se nos sentidos, tornando-se uma agonia física.

Emi o olha com um olhar apavorado e ele a pega pelos ombros, erguendo-a um pouco e falando, totalmente abalado:

— Emi! Você tem asma? Cadê sua bombinha?

Ela não responde de nenhuma forma. Está tão apavorada quanto ele, como se aquilo nunca tivesse acontecido. Ele não conhece nada nesta cidade, não sabe para qual número ligar em uma emergência. Sempre que a pessoa é asmática, tem a bombinha brônquio-dilatadora na cabeceira da cama, no armário do banheiro, na primeira gaveta, no lugar mais fácil de acessar em uma crise. Asfixia não é algo que espere o resgate chegar.

Com tudo isso lhe gritando na cabeça, ele pula de um lado para o outro, arranca a gaveta da mesa de apoio e remexe em tudo, sem achar o que procura. De um salto, ele aperta a nuca, em pé diante da cama, ouvindo Emi puxar o fôlego, fraca como alguém prestes a desfalecer. Cegamente, ele pensa em correr até o interfone na cozinha e pedir ajuda à portaria para chamar uma ambulância. Sai em disparada ao redor da cama, e talvez por não conhecer as dimensões do quarto tropeça e bate violentamente com o dedo no pé da cama, desabando no chão com um baque.

A dor é muito aguda e por um segundo ela se sobrepõe a tudo em sua vida. Suiroshi xinga alto, sem nem saber o que está saindo por sua boca. Ele precisa amparar o dedo com a mão e o aperta com força, sentindo as lágrimas escorrendo. Lágrimas que já estavam lá antes. Tudo acontece muito rápido. E no meio da dor aguda, ele não ouve mais Emi puxando o fôlego.

Um silêncio total pesa sobre o quarto.

— Emi...?

Quer gritar enquanto uma espécie de mão de aço aperta sua garganta. E se ela estiver morta? Ou quem tem asma só desmaia? Ele só vai ficar com o dedo roxo, porém Emi é mais importante. Ele se ergue do chão aos poucos, olhando para a cama, com medo do que vai ver.

Puxando o lençol até o pescoço, ela está sentada no meio da cama, olhando para ele com espanto.

— Suiroshi, você está bem?

— Como assim, se *eu* estou bem? Você quase morreu de crise de asma!

— Eu não tenho asma!

Suiroshi se levanta de um salto. De repente, estar só de cueca o incomoda. É muito alto, muito magro, remexendo gavetas, gritando e pulando pelo quarto feito um grilo saltitante, batendo o dedo na quina, caindo e xingando... Corre mancando para o banheiro e fica grato por haver um roupão ali no toalheiro. Veste-o, amarra fortemente na cintura e sai para o quarto de novo, e, apesar de manco e torto, sente-se um pouco mais digno no roupão atoalhado estampado de gatinhos mostrando a língua. Emi está muito embrulhada no lençol, sobre a cama amassada, como se não tivesse forças de se levantar.

— O que aconteceu? — pergunta Suiroshi, e se arrepende em seguida.

Ambos estão abalados e é horrível ser questionado quando se está abalado.

Ela está chorando baixinho.

Se alguma vez em sua vida ele desejou ser irresistível e másculo, este é o momento. Ele fecha os olhos, imaginando a cena de si mesmo chorando e pulando de cueca pelo quarto e depois se contorcendo no chão. Ele é que gostaria de estar morto.

Ela começa bem baixinho:

— Sushi... eu...

— Não precisa falar nada.

— Preciso, sim.

— Então fala.

— Tive um ataque de pânico.

E Emi chora igual a uma criança desamparada e se joga nos braços dele. Pelo menos com isso ele a abraça apertado, o que não saberia se podia fazer se ela não tomasse a iniciativa. Afaga seus cabelos e espera que o choro se acalme sozinho. As palavras queimam dentro dele. Ela teve um ataque de pânico enquanto ele a acariciava... Definitivamente, ele é pior do que poderia ter sonhado.

Nem em mil anos chegaria a isso, em sua opinião sobre si mesmo. Contudo, não é possível que tenha feito algo tão errado assim.

Por que ela tem uma reação tão absoluta de repulsa a ponto de quase morrer, e agora chora agarrada em seu pescoço?

— Emi... você é virgem?

Sente o corpo dela endurecer pela segunda vez e pensa que falou besteira. Caramba, ele sempre dá um fora atrás do outro, mas hoje está se superando. Não passa pela sua cabeça que a culpa possa não ser sua, fica repassando cada minuto desde que se viram no avião, tentando achar cada momento em que possa ter sido um cretino. Mas de tão imbecil que deve ser não consegue pensar em nada!

— Eu queria muito ser — ela fala com o rosto escondido em seu pescoço, a voz abafada pelo roupão atoalhado. — Eu queria muito me tornar mulher hoje, com você. Porque estava tão perfeito...

E ela desaba a chorar de novo, enquanto Suiroshi conscientemente não sabe o que fazer. Suas mãos, sem ele pedir, passam a se esfregar com vigor enquanto ele faz uma invocação sem palavras, apenas um desejo.

Nunca precisou tanto curar uma criatura quebrada.

Impõe as mãos sobre ela e ela não percebe, abraçada a ele, imóvel. Um calor cheio de conforto os toma como um cobertor na noite de inverno. Os minutos se passam sem que sejam contados.

— Quer que eu vá embora? — ele pergunta baixo, confuso, porque é um médico de plantas e bichos, e nunca curou um ser humano.

Algo parecido com euforia quer tomar seus sentidos, e ele se segura ao máximo, ainda que tenha sentido sair de si mesmo uma miríade de luzes que nunca tinha imaginado. É indescritível e o confunde porque não aconteceu nada do que ele planejara a tarde inteira, e mesmo assim é o momento mais feliz de sua vida. Apenas não há como saber se essa felicidade é compartilhada, e ele já se arrependeu de ter feito essa pergunta. O que ela responderá?

Ela faz que não com a cabeça e não consegue falar nada, olhando para ele como se o visse de verdade pela primeira vez.

Por fim, Suiroshi tenta descontrair o ambiente com sua arma secreta:

— Está com fome?

Ele é uma dessas pessoas que resolvem quase tudo com comida. Ele se levanta, arrumando-se no roupão, que para ele fica bem curto, pelo meio das coxas. Emi sacode a cabeça como se despertasse.

— Nossa! Eu te chamei para jantar e nada de te dar comida! E você come como se tivesse um monstro aí dentro!

— Não vou morrer nos próximos minutos. Olha, eu gosto de cozinhar. Quer que eu faça alguma coisa lá na cozinha? Você pode ficar olhando e bebendo vinho.

— Você existe?

— Eu sei.

Suiroshi sorri de lado, tentando não ser bobo e não conseguindo, afinal está sentindo um grande alívio. O peso negativo dela se foi.

— Depois a gente se vira na cozinha. Agora tem uma coisa que eu preciso fazer e outra que preciso te pedir.

Ele espera sem se mover.

— Posso te pedir que só fale em japonês comigo? Sempre? Você falou japonês quando bateu o dedo. Porque quando está sendo verdadeiro é sua primeira língua. Eu tenho a impressão de que em japonês você nunca vai mentir para mim.

— Eu nunca vou mentir para você.

Bem devagar, Emi vai desenrolando o lençol.

Suiroshi sente descargas elétricas como agulhas pelo corpo. Não entende bem o que está acontecendo, mas se atira de volta à cama, buscando o beijo de sua menina da voz de sorriso. Sem nenhum artifício, nenhuma palavra incrível, apenas seus corpos entrelaçados se entregando a um sexo apaixonado, que é sincero e gostoso do começo ao fim.

Eles se deitam abraçados. Suiroshi cheira o alto de sua cabeça e sabe que não gostaria de estar em nenhum outro lugar do mundo. Uma felicidade transbordante quer deixá-lo bobo feito criança que ganhou bicicleta no Natal, porque ele fez Emi plena e satisfeita por múltiplas vezes. E ele respira fundo se sentindo competente, enche o peito para falar o que precisa que ela saiba, e que não tem mais volta.

— Eu te amo.

— Fala de novo — responde ela, também em japonês.

— Eu te amo. Eu te amo, Emi-sama. Sua vez.

— Tem alguma dúvida?

— Então fala.

— Eu te amo, Suiroshi. — Emi provavelmente nunca falou isso para alguém. As palavras são estranhas na sua boca, mas aquecem seu coração. E ela não está mentindo. — Sério que você vai cozinhar? Acho que nunca mais vou deixar você ir embora.

— A ideia é essa. E se você não me deixar ir, a culpa será sua por eu ter ficado.

— A verdade é que eu não posso deixar meu japonês escapar. Agora que eu tenho um para chamar de meu.

Suiroshi a vira na cama e pega seu queixo com os dedos longos, encarando-a com seriedade.

— Vai ficar comigo só porque eu sou japonês?

— Nossos espíritos não têm etnia. Não te amo só por fora, meu japonês. Mas esse seu olhar ajuda... Eu quero morrer quando você me olha assim.

— Quer morrer e viver para sempre?

— Exatamente isso! Como você sabe?

— Eu li num livro de vampiro.

Suiroshi sente que vai chorar, então se apressa em pular da cama e fala que está com fome.

13

Os dias passam mais rápido do que Suiroshi gostaria até terminarem as férias de Emi, e então ela volta para o escritório. Nos dias que passam juntos, ela conhece Guilherme e eles logo de cara se tornam tão amigos que algum ciúme é inevitável, porque ela tem um jeito delicioso de o chamar de "meu japonês falso" pelo fato de ele ter olhos azuis. A vingança chega quando ele faz a mesma amizade que parece de infância com as amigas dela, principalmente com Evelin, uma garota linda de olhos cor de cobre e seios grandes. Ela é engraçada e exagerada. Eles dão muita risada juntos. E Emi tem muitos ciúmes também. É bom sentir e provocar ciúme. Para Suiroshi, é uma sensação nova de medo, posse, insegurança, um monte de coisas ruins que, se colocadas todas juntas, formam uma tormenta que explode quando suas peles se tocam, febris de tanto desejo. É quando tudo deixa de ter qualquer importância e eles sabem que não há espaço para nada nem ninguém entre eles.

Constantemente às voltas com algum amigo ou com a família, Suiroshi e Emi ficam sedentos de momentos a sós, que raramente acontecem, e isso aumenta sua paixão. Quando se encontram a sós, amam-se quantas vezes seus corpos consigam, antes de praticamente desfalecer. É tudo intenso e ao mesmo tempo de uma doçura infinita e divertido também, pois ambos não são nada melosos, e caem em situações cômicas com mais frequência do que conseguem fazer algo romântico.

A cada dia mais, sabem que nasceram um para o outro e falam isso dando boas risadas, como se fosse uma piada.

No sábado pela manhã, Suiroshi se levanta cedo e abre a janela do quarto, respirando o ar frio com prazer. Lá embaixo, vê a silhueta de seu pai cuidando dos canteiros. Nunca vai conseguir chegar lá antes dele. Igual à rotina da semana, o sábado também é dia de entregas.

Ele ajuda o pai a carregar a van nova e brilhante, que ainda não recebeu os adesivos dos Orgânicos Takeda. Depois fica sozinho no refúgio verde. Ainda é cedo e ele só vai tomar café mais tarde.

— Sushi...?

De um salto, ele se ergue do canteiro onde arranca ervas daninhas e cospe a longa cebolinha de que mascava a ponta e estava dependurada na sua boca. Bate as mãos na roupa, mas para os pés imundos não há solução.

— *Emi!* Como você...?

Ele a olha, ela está linda. Cheirosa. Limpa. Os olhos luminosos o desejam e o coração dele já dispara.

— Bom dia, Sr. Takeda.

— Bom dia. Vem comigo. Vou te mostrar uma coisa — ele fala e anda a passos largos pelo quadrado pavimentado.

Suiroshi nem precisa falar nada. Emi é amante da cultura japonesa e, vendo-se num jardim de bonsais perfeitos e belos, frutificando e florescendo, exuberantes com seus troncos artísticos, retorcidos como bailarinas nuas, ela fica entusiasmada, fazendo perguntas, e ele responde com o mesmo entusiasmo. Depois eles se sentam no mesmo lugar onde Suiroshi se senta com o pai às vezes e ele dispara de uma vez:

— Emi, você conhece a síndrome da hipersensibilidade eletromagnética?

— Nossa, sim! — Ela força um pouco a memória. — Eu ouvi falar e vi num documentário que algumas pessoas já chegaram a se mudar para cavernas no fim do mundo, porque quem tem essa espécie de alergia de wi-fi sente muita, muita dor.

— E você acredita que é real?

— Claro que é real! Se não, porque aquelas pessoas estariam morando no fim do mundo, na caverna? Coitadas.

— Então você acredita em mim se eu te disser que só fico sem dor quando estou aqui e por isso passo tanto tempo nesse lugar? E que o melhor lugar do mundo é naquele canto, debaixo do pé de pitanga da Cíntia?

Emi o olha com um ponto de interrogação no rosto.

— Mas você morava no lugar mais tecnológico do planeta! Aqui é o século dezenove em tecnologia se comparado ao Japão!

— Ah, por isso mesmo. Pelo meu estilo de vida, fui exposto demais até para os padrões deles e fui um dos raríssimos *felizardos* a desenvolver a síndrome. Aconteceu nos últimos dois anos. Por isso eu quis voltar, de início. Foi o que me levou a me decidir, antes que eu enlouquecesse. Aqui estou me sentindo bem melhor. Fico dias inteiros sem nem me lembrar desse problema.

— Que coisa terrível. Eu sinto muito. — Emi recobra o sorriso rapidamente. — Mas é sério que aqui está melhor, não é?

Ele faz que sim com a cabeça, afaga os cabelos dela e os cheira.

— Se você precisar se afastar ainda mais, não está pensando em ir para uma caverna, está? Bem, se for preciso, você poderia se mudar para... vejamos... alguma cidadezinha da serra catarinense, no meio do nada mesmo. Sério, internet lá é uma porcaria! Então, quanto pior, melhor.

— Eu nunca irei aonde você não possa me acompanhar.

— E quem te disse que eu não vou?

Eles dão uma risada cúmplice.

— Emi, eu preciso te dizer mais uma coisa.

— Sim...?

Ela o encara com admiração, ainda enlevada com o jardim das frutas e com a história das arvorezinhas que Suiroshi lhe conta. Ela deita a cabeça em seu ombro e ambos olham para frente, para o caminho fofo de serragem entre os altos canteiros da couve destinada aos restaurantes nos dias de feijoada.

— A vida dos meus pais é bem simples, Emi.

— Sim. Eles entregam orgânicos nos restaurantes mais elegantes de São Paulo. Mas quem mexe na terra é sempre gente simples. Como o Gert, meu vizinho que faz chá. Mãos encardidas e coração que não cabe no peito.

— Ah, Emi. Como você pode ser tão generosa?

Sem pensar nas mãos sujas, ele a abraça de novo. Emi muda de assunto, tímida pelo elogio:

— Eu tentei te ligar e nada, aí liguei para sua irmã. Então foi isso, você precisa ficar longe das emanações do celular. E a Cíntia abriu o portão e voltou para cama, acho. Coitada, não queria que ela se incomodasse, mas você não atendia. Agora já deu nove horas e eu estou com fome... Eu vim te buscar para tomar um café da manhã pela cidade. Mas com esses pés encardidos você não entra no meu carro!

— E beijo de cebolinha, posso te dar?

— Não abuse tanto da sorte.

Suiroshi a beija levemente. Olha-a nos olhos e fala muito sério:

— Não está me achando um traste, sem procurar um emprego decente e hospedado na casa dos pais?

— Tudo a seu tempo, é muito cedo para eu já te achar um traste por causa disso! O que precisa me dizer, Sushi? Aproveita para falar aqui nesse lugar bonito. Depois a gente sai.

— Acha bonito?

— Como não acharia? Um lugar cheio de plantas tão bem cuidadas, tudo tão colorido. Eu consigo ver o amor que é deixado aqui todo dia. Só sinto falta de ver bichos correndo por aqui.

— Nunca permitimos. Bicho é só na casa e na parte da frente, olhando a rua e latindo para pedestre. Aqui não se pode permitir, porque produzimos comida.

— Eu passei tantas férias no Sul, passeando pelos pomares dos Klein, acompanhando o caminho das frutas até se tornarem geleia. Lá eles tinham muitos animais, cachorros correndo livres, gatos se aquecendo diante de lareiras e sobre fogões a lenha, revoados de pássaros que iam visitar pela manhã em busca de comida. São memórias que têm até cheiro. Foram férias inesquecíveis, sou tão grata por ter tido essa sorte. Comer fruta do pé.

— E eu te achando tão urbana.

Emi solta uma risada gostosa.

— Eu achava a mesma coisa de você. Agora me deparo com um...

— Com um...?

Ela só sorri em resposta e se aconchega em seu ombro. Suiroshi completa:

— Um verdureiro. Nunca senti vergonha do meu pai. Mas ele quis que eu me formasse e fosse importante.

— Verdureiros são importantes.

— É sobre isso que eu quero falar. Você me conheceu no avião, voltando para casa depois de uma carreira de ator no Japão. Lá eu era conhecido, desfilava. Ganhei muito dinheiro. Eu trouxe muito dinheiro. Mas encontro uma espécie de paz aqui nesse lugar. Não tenho dor aqui. Tenho medo de que você fique decepcionada e em breve esteja entediada. Em vez de um modelo de passarela te levando para as badaladas noites paulistanas, você acabou com um verdureiro de unha suja.

Ela fica quieta por um longo momento, olhando para a grande propriedade urbana, com a casa de dois andares fechando a frente do terreno e a área toda plantada, cercada por muros altos, em cor de concreto. Ali dentro, Suiroshi não sente dor.

Emi ergue os ombros.

— Não acabei com um verdureiro, Takeda Suiroshi. Eu... comecei com um verdureiro. Olha... tirando esses pés encardidos e a boca de cebolinha, eu fico de boa mesmo com o restante de você. Não sei que espanto tem nisso. Eu amo um verdureiro! Agora vamos? Vou finalmente te levar para almoçar na casa dos meus pais, lembra? Mas corre se arrumar o mais lindo possível, que sou mais fã de humano do que de *hobbit*!

O almoço marcado para este sábado conta com Lorraine e Evelin, que já estão na casa do casal Lins quando uma Emi e um Suiroshi apaixonados e atrasados chegam ao Ipiranga. Eles foram a um motel, literalmente para um café da manhã na cama, e perderam a noção do tempo.

— Atrasados e sorridentes demais, pelo amor de Deus! — a mãe de Emi diz para o casal enquanto abraça a filha. — Pelo menos disfarcem na frente do seu pai, ele é ciumento.

— Poxa, Sra. Lins, ele não fica satisfeito sabendo que a filha está feliz da vida?

— Menino... Não brinca com coisa séria! Todo pai deseja que a filha seja virgem até os... trinta anos, pelo menos. Ou, melhor, que elas sejam virgens até que eles morram, para nem ficarem sabendo!

— Mãe!

Emi cora até as orelhas.

— Isso quer dizer que ele me odeia? — Suiroshi pergunta baixo também, todos cochichando na sala enquanto ouvem os demais falando e preparando a mesa na cozinha grande de azulejos antigos.

— Vamos logo e tratem de fazer uma cara de quem não estava na cama antes de vir pra cá!

— Francamente, mãe!

Emi está estarrecida, e Suiroshi, rindo de nervoso com a sagacidade da senhorinha. E tudo piora, pois ficar diante do pai ciumento é bem difícil.

Eles têm uma aproximação cerimoniosa, a necessidade de ser superficial, e o único assunto agradável de se falar é o profissional, que os leva para fora das quatro paredes e para longe das presenças femininas. Suiroshi fala sobre a empresa, os colegas japoneses e seus costumes exóticos. E por mais que esteja sendo crivado de perguntas, elas não são constrangedoras e todos interagem à mesa durante o saboroso almoço, falando de seus empregos, seus chefes, colegas e histórias humoradas. Suiroshi fala de Ken com saudade, seu amigo que ficou distante e nunca mais será alcançado. E então confessa estar feliz no retorno e o motivo ser Emi.

— Imagino vocês dois — comenta Lorraine em certo momento, quando o assunto versa pelo encontro inusitado do casal na vinda de Tóquio. — Dois leões! Como vai a guerra de vaidades e a disputa pela liderança entre vocês? Nunca imaginei que dois leões de agosto pudessem conviver sem se matar.

— Leões são vaidosos — opina a mãe, servindo-se do restinho do pudim feito por ela mesma. Todos já repetiram. — Ou se matam, ou então é só paixão, porque é signo do fogo, não é?

Emi arregala os olhos para a mãe. E a mulher dá um sorriso de canto de lábios. Lorraine começa a rir, porque não consegue se segurar. Evelin fica escarlate, da mesma cor de Emi, em solidariedade.

— Ah, é mesmo? Fogo? — diz o velho pai, desconfiado.

E feito uma ajuda caindo do céu, a campainha os salva, como o gongo.

— Ele veio! Ele disse que vinha depois do almoço só para um café. Danado, parece que cronometrou! — fala Emi de um fôlego só e se levanta, saindo apressada, enquanto nem todos sabem quem é *ele*.

— A vida dessa menina virou um conto de fadas depois da chegada de vocês.

E a mãe olha, carinhosa, para Suiroshi, apesar de ele não se sentir nem um pouco satisfeito com essa história da chegada de "vocês". Como assim, "vocês"? Ele é o único amante que Emi tem! Ele é o homem da vida dela.

De fato, Emi entra segurando alguém pelo braço. Um homem jovem e bonito, atraente em sua roupa justa de motociclista, até com as luvas e segurando o capacete novo e reluzente, mais parecendo um uniforme de herói.

— Olha quem chegou! Guilherme Eiji!

O pai de Emi se levanta e vai dar um abraço com direito a tapas nas costas do recém-chegado. Suiroshi se sente ferver e nem sabe de quem tem mais ciúme.

As amigas ele cumprimenta de longe, com um aceno de cabeça e um sorriso tímido, seus olhos azuis demorando-se em Evelin, que não se lembra mais de respirar nem de piscar. É um momento único, daqueles em que o tempo para.

— Mammy — Guilherme por fim chama a Sra. Lins e ela se derrete com o tratamento carinhoso em alemão. — Eu disse que vinha tomar um café.

— Claro, meu bem, eu já vou fazer. Suiroshi, querido, me ajuda aqui na cozinha e deixa eles indo para a sala. Tenho um jogo de xícaras num armário alto e você alcança fácil.

— Sim, senhora.

Suiroshi vê todos indo para a sala e quase tem uma torção no estômago quando ouve, nítida, a voz de sorriso de Emi, chamando Guil de "meu japonês falso"! É preciso se concentrar para não derrubar as xícaras todas, seus dedos estão tremendo. Ele vê a senhora colocando a chaleira com água no fogo e imagina que já está na hora de ir correndo até aquela sala, porque ouve risadas, e sente o coração dar uma falhada.

Sem aviso, enquanto mexe nos ingredientes do café, a mulher lhe fala, sem olhá-lo:

— O sexo é assim tão arrebatador entre vocês?

Ele fica estático, o chão parece virar areia movediça debaixo de seus pés. Ele não consegue nem respirar, muito menos responder.

— Deve ser...

Ela ergue um ombro e presta atenção às medidas de pó que despeja no coador. Enche os pulmões e o olha de rabo de olho, comentando baixinho:

— Sabe, Suiroshi, o pai sempre vai demonstrar preferência pelo cara que não está comendo a filha dele. Mas talvez com o casamento, e com netos, isso amenize. Não tenha raiva do Eiji.

E no mesmo instante ela aumenta a voz e chama por Emi, que em instantes entra na cozinha com seus passos leves de bailarina.

— Seu café é melhor que o meu, filhinha. Quer preparar? Eu gostaria de me sentar na sala com suas amigas e bater um papo. Fazia tempo que elas não apareciam.

— Claro, mãe! Fica com elas. Nós três trabalhamos juntas, nos vemos todo santo dia e não nos aguentamos mais!

Ao ficarem a sós, Emi olha para o namorado, e ele parece alguém que acabou de ver uma barata voadora.

— Misericórdia! O que foi que a minha mãe fez?

Ela vai a ele depressa e o abraça, afunda-se no seu abraço como se fosse o seu lugar para estar até o fim do mundo.

— Ela é sincera demais e me mata de vergonha.

— Eu sei. Por isso eu morro de rir com ela às vezes. E em outras vezes, eu só morro. Bem-vindo à família Lins.

Quando enfim chega a semana do casamento de Cíntia, Suiroshi comunica os pais a decisão de pedir a mão de Emi em noivado. A festa de casamento será realizada com a chegada da primavera. Faz um mês e meio que ele conhece Emi, contudo é verdade que ele se sente seguro do próximo passo. Sabe que Emi o ama. Seus pais não aprovam nem desaprovam. Eles tiveram uma história de amor cheia de encontros e desencontros, foram anos sem fim de ata e desata durante toda a adolescência, até o noivado romperam, com requintes de jogarem as alianças em um bueiro, no meio da briga. E nem eram ricos a ponto de jogar ouro fora. Quando em seguida reataram e se casaram, mais apaixonados do que nunca, as alianças tiveram que ser de latão, pois não tinham mais dinheiro.

Cada casal tem um destino e faz sua própria história.

Suiroshi e Emi chegam cansados ao apartamento sob o entardecer do sábado após estar o dia todo com a família, que faz preparativos para o dia seguinte. O domingo será cheio de celebrações e tradições: logo cedo começarão as atividades do casamento. Emi será a acompanhante mais deslumbrante do mundo. Ele a olha, inteiramente paramentada com o traje tradicional japonês, e é impossível dizer que ela não é japonesa, sobretudo por ser tão fluente, por ter familiaridade com o japonês desde a infância. Ela fala com um desembaraço leve.

— Amanhã minha mãe vai dar um grito na hora que me vir vestida assim — ela fala, sorrindo, e liga o Spotify na pasta favorita, das músicas setentonas que conheceu em Tóquio e que, por mais inglesas que sejam, na associação mental dela soam como orientais.

— Todo mundo vai ficar gritando desse jeito. Você não vai mais sair dessa roupa? Era para estar nova amanhã.

Suiroshi se diverte. Sem perder um único detalhe, ele a fotografa junto às orquídeas na varanda até esgotar a paciência de Emi e ela implorar que ele pare, entre birrenta e vaidosa. Emi arrumou-se junto às mulheres, aprendeu como preparar todas as peças, mas, no momento em que teria que tirar a roupa, ela se comportou feito criança mimada. Recusou-se a tirar, como uma super-heroína cujo superpoder está atrelado ao traje. Ela morreria de ataque de criptonita se saísse daqueles quimonos de seda. Agora está diante do espelho, hipnotizada por si mesma após aprender técnicas de orientalização da face e estar quase irreconhecível.

— E eu terei que ser muito cuidadoso para não rasgar isso tudo em cinco puxões — ele fala ao seu ouvido e a abraça por trás, ainda permitindo que ela se adore um pouco no espelho, mas já a vai despenteando, derrubando a decoração do penteado.

— Esses pauzinhos podem matar alguém, sabia disso, Emi?

— É tão sexy andar armada...

Ela não se move, apenas acompanha os movimentos do namorado, olhando-o pelo espelho, enquanto Suiroshi cuidadosamente desamarra e desata cada detalhe do traje, as peças de seda escorregando graciosamente até o chão, desnudando-a aos poucos.

— Você é tão linda. Eu fico sem fôlego só de te ver.

Nua diante de seu próprio reflexo, Emi levanta um pouco o queixo, encara o reflexo de Suiroshi, que, colado atrás dela, não para de lhe beijar o pescoço e acariciar seus seios, pressionando os mamilos de um jeito que só ele sabe fazer. Ela deve estar pensando em como deseja que ele faça isso com ela mais vezes. Eles se encontram praticamente só aos fins de semana, e isso é pouco. Porque ainda que vivam cem anos, a vida é muito curta e não dá nem para matar a vontade.

— Não se move. Fica se olhando. Tenho uma coisa para você — fala Suiroshi e procura algo no bolso da calça.

— E eu aqui pensando que esse volume na sua calça fosse empolgação comigo...

— E é mesmo. Sente isso.

Ele pressiona o corpo contra ela de novo e ela sorri, corando.

— Tenho outra coisa escondida aqui. Mas acho que você vai gostar também.

Ele tira do bolso, sem nenhum estojo, o fino cordão de ouro branco com a esmeralda alongada e lapidada de forma a rebrilhar intensamente. Desajeitado, ele prende o fecho sem saber como não prender os cabelos dela junto. Mas o resultado é fabuloso, na altura certa, e Suiroshi vê seu sonho se realizar.

Fica perfeito.

— Suiroshi... isso é de verdade? Eu nunca provei uma joia como essa. Nunca toquei em nada parecido.

— Você nunca tinha tocado em nada parecido ao que eu tenho aqui.

Ela não se permite responder, beijando-o até perder o fôlego e o tocando sobre a calça. Saem de cima das finas peças de roupa com cuidado para não causar danos e vão sem cerimônias para a cama, onde Emi faz questão de ficar sobre ele para que seu colar novo fique ali, balançando e cintilando. A esmeralda é como seu coração naquele momento, se Suiroshi o pudesse ver, pulsando com luz própria. Ele a segura com firmeza pelos quadris com as mãos longas, direcionando-a numa busca pelo ritmo perfeito, até ambos estarem vibrando na mesma frequência. É tão delicioso que ambos não conseguem se segurar por muito tempo.

Emi o abraça apertado e ele a agarra com um pouco de desespero.

— Não acredito que já acabamos. Vou precisar de mais, Emi.

— Que bom. Não estava pensando em parar mesmo.

— Mas eu preciso falar com você uma coisa...

Deslizando de cima dele, Emi se senta, desinibida, feliz com sua esmeralda, e espera, olhando-o de cima a baixo, suspirando como se aquele homem claro e comprido, quase sem pelos e músculos, fosse na verdade algum deus grego. Ela descobriu que alguns anos atrás, em uma disputa acirrada com uma multidão de jovens coreanos e suas camadas de maquiagem, ele venceu o concurso de rosto asiático mais belo! Emi não o vê como o rosto asiático mais bonito de alguns anos atrás. Ela o vê como o homem da sua vida.

— Fala logo, Sushi! Não faz mistério comigo, que eu não aguento!

— Hoje é a ocasião em que eu queria ter te dado um anel. Mas já te dei o seu anel no avião.

— E eu já disse "sim, eu aceito" — responde Emi, brincando, um tanto desatenta.

Suiroshi prende a respiração. De repente está sério, olhando para ela com um misto de desejo e sofrimento. Emi aos poucos abre a boca, sem que dela saia som de imediato. E por fim, ela sussurra, toda vermelha:

— Sushi... você vai pedir a minha mão? — Os olhos dela se inundam. — Mesmo fazendo só quarenta e dois dias que nos conhecemos?

— Você tem alguma dúvida?

— Quarenta e dois dias...

— Muito rápido? Estou te assustando? — ele pergunta com o fôlego preso.

— Eu não sei... Tem tanta coisa que eu preciso te contar, que eu preciso que você saiba antes.

Suiroshi toca seus cabelos lisos espalhados pelos ombros. Toca sua pele e ambos estremecem. Suas bocas se buscam mais uma vez.

— Também tenho um monte de coisas para te dizer. Não seria nem honesto da nossa parte não contar tudo se é para começar uma vida perto um do outro. Eu sei que temos monstros debaixo da cama. Pedimos um ao outro para não mentir, não esconder... e se precisamos tanto da verdade é porque tem coisa atrapalhando a nossa vida. Eu sei, Emi-chan. Mas mesmo sem se casar comigo, você vai continuar sendo minha namorada, não vai?

Em uma manobra elegante, Emi o abraça com as pernas, imobilizando-o, mas ele rola pela cama e acaba sobre ela. Apesar de estar presa debaixo dele, Emi não parece frágil.

— Amanhã é o casamento. Depois da festa, teremos todo tempo.

Emi se entrega a ele com lágrimas nos olhos, e Suiroshi não as decifra, se são de felicidade, ou de dor antecipada. Do pouco que já a conhece, ele sabe quando há alguma coisa errada. E se há alguma coisa errada neste momento de entrega e de prazer, então não deixa de passar pela sua cabeça que, na realidade, essa pode ser a última vez que ele está amando sua menina. Isso o deixa entre desolado e furioso. Seus movimentos ficam mais intensos enquanto ele tenta se segurar, porque não a quer machucar. E ele percebe que Emi também está mais intensa, como alguém na beira de um precipício. E não há como saber se não vão, os dois, sair machucados na queda.

Porque a única certeza é que vão cair.

14

Como Emi previu, sua mãe dá um grito quando a vê, na manhã seguinte, saindo de seu Smart no estacionamento da chácara onde a cerimônia terá início em meia hora. Em seu traje todo preto e básico, Suiroshi conduz sua belíssima acompanhante, que parece uma obra de arte viva no traje de seda turquesa com detalhes em rosa-pálido florido, pintado à mão com aquarela.

— Eu falei para o Sushi que você ia gritar, mãe!

Emi saltita e se mostra, e seus pais e as duas amigas ficam admirados que ela tenha mesmo se transformado em japonesa. Ninguém vai sequer sonhar que ela seja ocidental. E se ela ri aos comentários, feliz mesmo fica quando Evelin lhe diz:

— É impressionante porque, ao mesmo tempo, você é você, e nunca foi mais você mesma do que agora.

— Só queria que meu padrinho estivesse aqui — ela fala baixo, mais para si.

Suiroshi agradece ao padrinho de Emi, que plantou nela tudo que a fez vir para os seus braços. Destino. Mais tarde eles vão conversar seriamente, mas não vão romper. Ele a ama demais para ficar em seu caminho caso ela queira partir. Mas neste momento, em que ficam sorrindo aos convidados e conversando de mãos dadas, ela está tão radiante quanto a esmeralda sobre a seda em seu colo. Emi está onde é seu lugar para estar.

Não, Suiroshi verdureiro, não é possível que ela vá dizer que não está de corpo e alma com você. Pai, tira essa nuvem negra de cima de nós.

Ainda assim, todas as palavras, danças, comes e bebes, nada tira a preocupação dos olhos de Suiroshi. Ele se senta à mesa dos cavalheiros por um tempo, falando com o pai do noivo, um homem bastante cordial, mas que já está bêbado, então apresenta um humor um tanto peculiar.

De onde está, vê Emi entre as amigas Evelin e Lorraine, convidadas de última hora, assim como os pais de Emi, todos na mesma mesa. Estão se divertindo. O noivo de Lorraine está viajando pela empresa e ela sente sua falta e fala nele o tempo todo. Já lhe mandou montes de fotos da festa e da Emi japonesa. Evelin não tem namorado, e, mesmo que tivesse, o convite era às duas amigas, machos não inclusos.

Em meio a tudo isso, ele consegue capturar lapsos de tristeza em Emi. Seus olhos também estão cheios de sombra. O que estará pensando...

Então Suiroshi nota que Guilherme está muito quieto ali do seu lado, sem sair da mesa onde os homens se refugiam rotativamente para fugir das mulheres e das crianças, e para poder falar suas grosserias masculinas mais à vontade.

— É a sua Evelin — fala Suiroshi perto do ouvido de Guilherme. Não obtém resposta. Respira fundo. — Guil, se você continuar olhando para a moça com essa cara de *serial killer*, ela nunca vai deixar você chegar perto.

— Mas que merda é essa que você está falando, Suiroshi?

— Você já deve estar na terceira rodada, transando com a garota aí na sua cabeça.

Sem pensar, Guilherme soca o ombro de Suiroshi, quase o arrancando da cadeira. Alguns convidados olham, espantados, para ver se o irmão da noiva vai começar uma briga. Afinal, em geral é o que os irmãos fazem em casamentos. Mas o clima voltou ao normal quando todos viram os dois gargalhando juntos.

— Não consigo evitar. Ela é muito gostosa. Como vou conseguir parar de olhar para ela? — Guilherme por fim confessa baixo, num desabafo sincero.

Faz tempo que ele não se envolve com alguém, principalmente alguém tão estonteante.

— Eu sabia! Vou apresentar vocês direito. Ficam se olhando de longe, assim não dá. É a garota mais legal do mundo. Sério.

Suiroshi quase se levanta enquanto fala, mas Guilherme o pega energicamente pelo pulso.

— Não — fala ainda em tom baixo.

Surge uma hesitação entre eles, que é quebrada por uma noiva toda sorridente, que se achega à mesa dos homens e eles assobiam e fazem galanteios. Ela agradece com uma reverência e fala diretamente para o amigo:

— Eiji, por favor, você prometeu... É o meu presente, lembra?

Guilherme sorri.

— Como ia esquecer? Eu não via a hora que você me chamasse!

Guilherme mergulha sob a mesa, vasculha por entre as toalhas, e resgata um estojo. De dentro dele sai um velho trompete dourado.

Suiroshi arregala os olhos, surpreso, e a noiva lhe dá uma piscada.

— Você achou que na minha festa não ia ter jazz?

O noivo já a espera diante do palco. E a banda dá suporte para um grande músico tocar seu repertório. Falido e atormentado, e bem por isso profundamente compenetrado e capaz de arrancar perfeição daquele pedaço de metal amassado. Ele decidiu não ficar com a van velha e a converter em uma moto foi uma ótima ideia. Hoje não poderia vir pilotando sua nova companheira, pois acompanha a banda com todo o equipamento numa van caindo aos pedaços. Que destino esse seu, com vans velhas!

Muitas garotas prestam atenção ao jazzista. Um homem interessante assim não precisou chegar arrasando em uma moto potente, e já tem sobre si mais olhares e suspiros do que consegue dar conta.

— Olá.

Suiroshi se senta ao lado de Emi. Busca os dedos dela para entrelaçar nos seus.

— Olha só isso! — fala Emi com uma nota aguda na voz. — O Eiji está tocando! Olha, Evelin, é o Eiji!

Suiroshi sorri. Talvez nem precise falar bem do amigo e bancar o cupido, pois Emi está empolgada, falando coisas bondosas que Suiroshi jamais falaria do amigo de infância.

— Vou ficar com ciúme de novo. Emi, você se assanha muito com o seu *japonês falso*.

Suiroshi e Emi se perdem um no olhar do outro. Evelin se sente sozinha e distante enquanto olha para o jazzista. Sua respiração a trai. Ela fica vermelha. Baixa o olhar e pega um guardanapo, no qual enxuga discretamente as palmas das mãos. Lorraine a encara de olhos arregalados e a boca aberta e começa a rir. Evelin só faz que não com a cabeça, e os olhos suplicam. Mas é tarde demais e Lorraine lhe diz, triunfante:

— Evelin! Eu vi isso.

E *isso* é cheio de significados. Das três amigas, duas são apaixonadas pelos namorados, e tiveram namorados desde a adolescência. E Evelin nunca se envolve com ninguém. Poderiam jurar que ela era imune. Até agora.

— Só me deixa em paz, Lô!

Evelin se levanta, muito vermelha, os olhos marejados, e sai pelo salão, pisando duro.

Lorraine olha para o palco, de onde o exótico japonês austríaco a segue com seus olhos azuis. Ela sorri e busca o olhar de Emi, que acompanha tudo e também sorri. Elas não precisam falar nada; amigas desde o ensino fundamental, inventaram juntas todos os códigos.

Suiroshi também seguiu a sequência de eventos e olha para Evelin, que está entrando nos lavabos. Algo já lhe sinaliza que ali há problema. Que bom para Guil: uma pessoa complicada para rivalizar com a complicação dele. Assim ele não complica sozinho. Dá uma risada e as duas o interrogam com o olhar. Ele encolhe os ombros.

— Isso vai ser engraçado. Acreditem.

Emi solta seus dedos dos de Suiroshi, mesmo ele não querendo soltar e dificultando a manobra. Ela chama Lorraine:

— Lô, vamos lá.

— É... Tem coisa errada. Ou certa!

As duas amigas atravessam o alegre salão inundado pela música, Emi sendo atrasada pelos passinhos curtos, toda presa no quimono, e entram em seguida no espaço reservado, onde Evelin está parada a um canto, recostada em uma pia de fazenda toda ornada com flores silvestres. Não há um só recanto neste lugar que não sirva para uma capa de revista.

— Evelin, pelo amor de Deus, o que está acontecendo, de verdade, amiga? — Emi pergunta, bastante séria, mas com uma nota de doçura.

— Como se eu precisasse falar qualquer coisa para vocês duas! — uma Evelin briguenta responde alto.

— *Amore mio* — começa Emi com um pouco mais de suavidade, baixando os ânimos. — Olha, nós sabemos que isso nunca deve ter te acontecido. Nunca vimos, pelo menos. Mas o Eiji é tão fofo, qual o problema? E ele não para de te olhar. Cara, nunca vi nada tão declaradamente recíproco!

— É verdade, você também não para de olhar. Eu percebi desde aquele almoço... — Lorraine cochicha, deliciada.

As três ignoram o entrar e sair das convidadas; Emi às vezes sorri para alguém de forma tranquilizadora. Trêmula, Evelin se segura, abraçando-se.

— Eu consegui até aqui. Agora parece que tudo desabou... Estou fraca, estou morrendo. Eu não sei o que fazer! Só quero ir embora daqui.

É uma revelação chocante. As três ficam paralisadas por um tempo.

— Eu sei o que você vai fazer, garota! — Emi a pega pelos ombros e a faz se olhar no espelho. — A mulher mais linda dessa festa vai respirar fundo, se recompor, voltar para aquele salão e arrasar naquela pista! Está faltando álcool no seu sistema? Vê se bebe e fica alegre! Vem, Lô. Ela só vai sair desse banheiro se for para dançar. Está de castigo. É uma festa, caramba!

— Ouviu, flor? A gente te ama, mas você está dificultando demais as coisas — arremata Lorraine.

Implacáveis, as duas se afastam, deixando bem claro que Evelin não tem escapatória. Quando alguém está encurralado, ou se entrega, ou luta. Evelin explode:

— Eu te amo, Emi. Mas não gosto mais de você!

Emi fica paralisada no meio do caminho. Lorraine aperta o passo e deixa os lavabos sem olhar para trás. Evelin começa a chorar. Devagar, Emi se vira para a amiga dramática, sem saber o que dizer. E é esse o ponto. Antes, ela saberia. Nunca faltou uma só palavra de apoio, de luz, nos lábios de Emi. Às vezes elas diziam que ela seria uma *alma velha* se tal coisa existisse. Emi está muito maquiada para que as sutilezas em suas mudanças emocionais possam ser detectadas. Ela não se aproxima de Evelin e ficam assim, afastadas por dez passos, olhando-se.

— Desde quando não gosta mais de mim? — Seu tom é neutro, direto.

— Desde que você se tornou a pessoa mais feliz do mundo. — Evelin é direta também, mas longe de ser neutra. — E isso me corrói, pois me faz mesquinha e eu te odeio por me fazer sentir isso de mim mesma!

— Evelin!

Emi está boquiaberta. A última vez que brigaram assim deve ter sido na adolescência, por causa de um trabalho de escola. Evelin se torna sarcástica. É um escudo sob o qual ela está sofrendo. Emi não suporta sarcasmo e se sente ferver, por mais que compreenda a manobra do escudo.

— É verdade, Emi. O amor eterno te empoleirou numa nuvem de algodão-doce. Sua essência era magnífica antes. Agora você se tornou a futura Sra. Takeda. Não vejo nada além disso em você.

Emi sente o queixo tremer. Dá as costas a Evelin e sai antes de desabar. Vai fingir que não aconteceu. Vai esquecer isso. E sobretudo vai tentar esquecer que precisa se odiar também, pois Evelin tem razão. Emi mal se reconhece e não é só pela produção que a deixa bonita como uma boneca japonesa. Ela se tornou essa boneca, sem sua costumeira alma atormentada que fabricava tantas respostas, tantos textos e sentimentos que eram seguidos nas redes sociais. Sua raiz de tormento foi arrancada inexplicavelmente e ela é feliz, e não sabe mais servir de alimento ao sofrimento alheio. Ela é a futura Sra. Takeda. E não há nada para ninguém ver além disso.

É horrível!

Quando se depara com Suiroshi rindo com todos à sua mesa, não sabe se o ama de forma quase insana, ou se detesta quem se tornou desde que ele entrara em sua vida. Mas é verdade que quem ela se tornou é apenas uma fração da Emi pau-pra-toda-obra que era antes. Ao invés de ajudar a todos ao seu redor e viver mais pelos demais, ela hoje vive para si, centrada em sua felicidade, em seu amor. E de repente isso é errado para quem nunca fazia nada pensando em si, e seu primeiro grande grito de liberdade foi a viagem a Tóquio.

Ela nunca mais será a mesma e o culpado está na sua frente. E ela o ama tanto que sente doer o peito. É uma dor física tão acentuada que ela desconfia de que está tendo um começo de infarto.

Segura-se no espaldar da cadeira de Suiroshi e ele busca suas mãos, apertando-as com um conforto que aumenta ainda mais a sua dor. Ele não teve um gesto pensado de suporte, ele apenas a toca com a naturalidade de quem se pertence. E ela se abaixa um pouco e cheira o alto de sua cabeça de cabelos lisos e pretos, despenteados de forma sofisticada no penteado de padrinho.

Sinto muito, planeta Terra, Emi fecha os olhos e pensa consigo, *mas eu não preciso ser nada além da Sra. Takeda.*

Quando Evelin retorna, com a maquiagem refeita, junta-se a Emi e Suiroshi na pista e ficam os três a dançar. Suiroshi está ficando desalinhado, já que adora dançar e se entrega sem pudores. Já Emi está um tanto presa pelo traje finíssimo e não projetado para extravagâncias. Ela por fim desiste e vai se sentar ou poderá destruir o quimono, quando as canções mais românticas dão lugar a uma batida mais envolvente e os músicos resolvem dar um verdadeiro *show*, em uma versão acelerada e meio maluca de *Freddie Freeloader*, do Miles Davis.

Sem ela, Suiroshi fica sem chão durante dois ou três segundos, mas, entusiasmada, Emi aponta para Evelin, que dança jazz desde criança. Eles se olham e começam a rir, porque, nessa batida rápida de músicos se gabando, dançar juntos pela primeira vez será um desastre. E bem por isso é perfeito: os dois caem na batida e divertem a todos, porque são muito bons nisso. Estabelecem uma disputa, quem vai aparecer mais: a banda ou os dançarinos? E eles se desafiam e se insultam no duelo da festa. A plateia vibra, assobiando, e ao fim todos estão desalinhados, suados e acabados.

Aplaudindo, alguns corajosos vão para a pista, para dançar a balada romântica que emendam do palco. Depois das bebidas e do espetáculo do irmão da noiva, que chegou a se arrastar pelo chão, ninguém mais tem vergonha de nada.

Do palco, o par de olhos azuis não abandona a dançarina de curvas voluptuosas, nem quando ela volta a se sentar. Suiroshi desaba na cadeira ao lado de Emi, que lhe estende um guardanapo e ele enxuga o rosto e o pescoço. Ela fala com tristeza:

— Suiroshi, ainda que eu esteja mais deslumbrante que uma divindade nessa seda toda, nesse momento eu adoraria estar de moletom para ter dançado com você. Bem que você falou que, quando começa, é praticamente uma desgraça anunciada. Arrasou e foi o ápice da festa!

— Eu não podia desapontar minha irmã. Ela falou que se eu não desse um vexame memorável na pista, ela não falava mais comigo.

As três amigas se encaram, cheias de palavras não ditas. Mas Lorraine pega o braço de Evelin e se aproxima, falando quase ao seu ouvido:

— Foi uma das cenas mais sensuais que eu já vi na minha vida. Vocês praticamente... fizeram amor na música.

Evelin fica vermelha, mas tem coragem para olhar para o palco. Um par de fendas de fogo líquido olha para ela. Ela para de respirar, mergulhada nas chamas azuis. Lorraine Klein tem razão.

Quando seus pais e as amigas se despedem para ir embora, Emi e Suiroshi os acompanham até a metade do caminho para o estacionamento. Ali eles param e o pai de Emi aperta a mão de Suiroshi. Uma sombra passa por seus olhos. Ele logo se distancia enquanto as amigas se despedem.

Nos olhos da mãe de Emi há uma sombra de tristeza, ao mesmo tempo que ela encara a filha com uma espécie de encorajamento. A senhorinha indecorosa está muito discreta hoje, sem suas brincadeiras que arrepiam os cabelos do casal apaixonado. As amigas também não estão normais nesta despedida, ficando hesitantes. E Suiroshi não quer achar que esteja louco, mas todos tem sombras os envolvendo, em um agouro que lhe arrepia a espinha, e é dia de festa, isso não pode acontecer! Quanto mais eles tentam disfarçar, mais parece um grito na garganta de cada um.

O casal acena aos quatro, até que eles entram no carro poeirento de passar pela brita e se vão. Todos os carros estão cobertos de pó, como se estivessem ali por bastante tempo. Que cena melancólica. A luz do dia começa a declinar, terão luz natural por mais algumas horas.

— Mal posso acreditar que amanhã será outra maldita segunda-feira e vamos pular da cama cedo. Você corre para o escritório, e eu corro até a horta. Cada um na sua casa, cada um na sua vida. A importadora e exportadora especialista em transações com o Japão e o seu apaixonante verdureiro das couves!

Ele a toma nos braços, todo galante, e procura seus lábios. Emi corresponde com entrega. Ela está triste, e Suiroshi chega ao limite, levando-a até a varanda, onde poltronas esperam por convidados, e se sentam lado a lado. Ele está decidido. É agora e ponto-final. Enche os pulmões e não espera mais nada.

— Muito bem, Emi. Assim não podemos continuar. Se vai me dar o fora, desembucha. Até as meninas e seus pais já estão sabendo! Eu vi na cara deles! O que está acontecendo entre nós dois que todo mundo já sabe e eu não?

Emi é tão direta quanto ele:

— Sushi, a única coisa que eu quero que saiba é que, se você for embora da minha vida hoje, eu vou te dar razão.

Ir embora? Mas do que é que ela está falando? Pai do céu!

Emi respira fundo, recosta-se na poltrona de vime, apropriada para ambientes externos. O espaldar é alto e arredondado, formando uma moldura em torno dela, como um trono. Ela continua bem maquiada, contudo Suiroshi percebe sua lividez e estremece visivelmente. Ao responder sua voz está muito grave e baixa. No tom que falam, algumas crianças brincando e correndo pela varanda não podem ouvir suas vozes. E a música do salão chega em ondas agradáveis sem que nenhum dos dois ouça.

— Emi, tem a ver com o fato de você ter tido um ataque de pânico na nossa primeira vez?

— *Não!*

Pega de surpresa, Emi olha para os lados, visivelmente sem ver nada em especial. Suiroshi não aguenta mais. Está prestes a sair correndo.

— Se não era asma, eu sei que tinha alguma coisa.

— Olha, eu vou te contar brevemente, mesmo sem gostar de falar nisso. É uma das coisas sobre mim que você precisa saber, de qualquer forma, porque assim você vai me conhecer melhor, me entender melhor. E depois de hoje eu não quero mais ficar relembrando.

Ela continua recostada no fundo do trono, a cabeça erguida e orgulhosa, ou talvez num ângulo que as lágrimas não escorram caso chore. Suiroshi escorrega para a ponta da sua poltrona e se vira para ela, quase encostando o joelho no seu, aguardando.

— Um dia eu tive um namorado, e ele me traiu e agrediu. Muito. Emocionalmente. Um pouco na parte física também, mas nada visível. Por alguns meses, nos quais eu senti vontade de não estar mais viva. Você é meu primeiro namorado depois... Só que faz pouco tempo. Foi antes de eu ir a Tóquio. E tudo voltou na minha cabeça naquela hora e eu não consegui evitar, a pressão, a asfixia...

Suiroshi sente um fluxo de fúria subir pelo seu corpo, como lava. Sua voz fica mais rouca, mais baixa:

— Você está falando sério? Agressão?

— E foi grave. Mas passou. — Emi baixa o olhar para as próprias mãos, repousadas sobre o quimono. — Você não fez nada de errado. Foi minha primeira vez depois daquilo... enfim. Passou.

— Como assim, passou? Eu vou matar esse cara.

— Não precisa. De verdade. Ele se foi. Mas obrigada. É bom saber que você o mataria. Porque eu também o mataria e nisso combinamos maravilhosamente.

Suiroshi se levanta. Dá uns passos a esmo, desamparado pela própria impotência. Não fez nada por ela. Nem a conhecia quando ela passava por isso. Viviam separados por meio planeta. Nada deve ser mais longe do que São Paulo e Tóquio neste mundo!

Suiroshi aperta a nuca com os dedos. Olha para Emi, uma perfeita bonequinha de porcelana, que lhe inspira urgência em cuidar, proteger. Abaixa-se diante dela na poltrona e a cerca pela cintura com seus braços. Vê em seus olhos que ela está sofrendo, compreende que aqui, totalmente escondida numa roupa tradicional, ela se sente mais à vontade para expor um fato tão extremo. Ela jamais teria falado uma palavra naquele dia, nua pela primeira vez diante dele. Ela entrou em pânico, muito provavelmente revivendo imagens e sensações de um abuso... E ele correndo feito bobo, batendo o dedo na quina...

— Emi... — ele fala num gemido.

— Não vou ficar te explicando o que aconteceu. Eu me sinto horrível, e ao mesmo tempo tão forte! Eu venci, estou aqui inteira. Essa coisa faz parte de mim, é uma cicatriz. Não estou mais doente, mas ficou uma marca. É bom que tenha ficado, porque ela não vai deixar acontecer de novo. — Ela não corresponde ao abraço dele, mas também não recua. — Quando você me toca, eu não tenho mais medo. Estou curada dessa doença.

— Como nos horrores da guerra. Soldado que volta pode amar de novo. Mas do lado de cá, quem o ama, nunca vai saber pelo que ele passou. Eu sinto muito porque nunca vou saber. Mas vou te amar sem perguntas. Eu não vou embora da sua vida, Emi!

Eles ficam se admirando um pouco, desde o encontro no avião eles se comunicam assim. Mesmo quando é difícil, acaba acontecendo. Tudo é rápido entre eles, não há tempo para ficar de segredos ocultos, porque eles têm sede e fome um do outro. Ali na varanda festiva, eles parecem uma capa de revista.

Suiroshi consegue ver que ela não está triste por causa do que acaba de dizer. Não é só isso que a incomoda. Eles viveram semanas maravilhosas, cúmplices, com muito humor e amor.

O sexo é incrível. Nossa, como é incrível fazê-la feliz. Como ela própria acaba de dizer, está curada. Não houve nenhum outro episódio de falta de ar, de crise, ou de choro. Eles se entregam com frequência aos seus desejos, sem reservas, e é tão perfeito.

Seu fôlego o trai, mas ele não diz nada. Suiroshi está confuso.

E bem agora, neste fim de semana, com todos os afazeres da festa, com todas as energias voltadas para satisfazer as vontades da noiva exigente é que Suiroshi sente que alguma coisa mudou. É neste sábado e domingo que Emi começa a se comportar como uma flor sem água, murchando a olhos vistos, quando era para acontecer o oposto. Seu traje principesco e a ocasião pode ter enganado a todos. Mas ele sabe e está com muito medo. Sorri seu melhor sorriso e tenta não transparecer seu próprio pânico, apesar do tremor que criva seu corpo em espasmos musculares.

– Eu estou te falando, menina. Que mulher de sorte você é. Foi o destino que me colocou na sua vida, sabe? Eu prometi a mim mesmo que vou preferir morrer antes de pensar em levantar a mão para uma mulher de novo. Não importa o que aconteça.

Emi segura o belo rosto dele entre as mãos, olha dentro daqueles olhos pretos e pergunta bem baixinho:

– *De novo*? Você já levantou a mão para uma mulher?

Suiroshi revira os olhos e respira fundo.

– Ah, merda...

– Suiroshi!

– Calma! – Ele pede, impaciente. – A gente brigou, e eu *quase* bati nela. *Quase*! Uma terceira pessoa entrou no meio e acabou com a festa. O pensamento de revidar nem devia ter passado pela minha cabeça pra agora eu poder posar de cavalheiro. Mas acontece que não consegui. Ela me bateu. E eu quis reagir à altura, ou à baixeza, dela.

Emi foge do seu olhar e se afasta, recostando-se, e lembra-se de várias cenas de filmes de ação asiáticos, em que as mulheres brigam igual aos homens, e uma cena de cinema se faz na sua cabeça, com Suiroshi e uma mulher misteriosa quase se matando em um duelo de efeitos estilo Matrix.

Suiroshi não solta sua cintura apertada nas faixas elaboradas. Ela está respirando com um pouco de dificuldade, vermelha até as orelhas, e pergunta sem voz:

— Suyen Okada?

Com um evidente calafrio, Suiroshi fica imóvel, olhando para Emi com a boca aberta.

— Onde ouviu esse nome?

— Eu passei horas com sua mãe, lendo as revistas que você trouxe. Festas, eventos, você tantas vezes acompanhado da mesma mulher. Alta, magra, quase assustadoramente linda, rica e poderosa.

— E louca.

— Louca por você?

— Emi... eu não posso mudar o meu passado...

— Sushi, eu... Só de pensar em você com outra mulher... Se chegaram a quase se agredir fisicamente dessa forma é porque era muito intenso. Eu sei até onde duas pessoas podem chegar para acabar na agressão. O que você viveu com ela...

O queixo de Emi treme e ela se cala, olhando para o outro lado.

— Você não acha que vai se magoar demais se for falar nisso? Não é nossa culpa que nós dois tivemos uma vida antes de Tóquio. E eu preciso te contar uma coisa sobre Suyen Okada.

Emi o olha com tanta dor que parece ter um nervo torcido. Ela não vai suportar saber mais nada desse romance com a mulher que, por incrível que possa parecer, é muito, muito parecida com ele, como se fossem gêmeos! Nunca viu nada igual, e as fotos deles são tantas e tão perfeitas!

Suiroshi então fala algo bem diferente do que Emi poderia estar esperando:

— Eu causei a morte do meu melhor amigo.

Um gemido escapa da garganta de Emi, ela sente o coração falhar uma batida, e em seguida disparar. Suiroshi, agachado diante dela, as mãos imóveis em sua cintura e os olhos orientais vertendo lágrimas. Não é o que ela esperava ouvir! Quantas surpresas ainda terá esse menino desastrado do seriado, o comediante vestido de frango gigante? Quem é esse homem afinal? Enquanto Emi procurava um amor leve, um caso de viagem, um namorado para passear de mãos dadas, sem nada a esconder, eis que ele sempre aparece com mais uma revelação que a tira do chão!

— Você não pode estar falando a verdade, Suiroshi!

— Ken era rival de Suyen em um projeto profissional. Eu não devia ter cedido uma informação sigilosa a ela, mas o fiz mesmo assim, e essa foi a minha ruína. E ela usou muito bem a informação. Ela eliminou o rival. Ela o matou. Ela matou o meu amigo Ken e a culpa é minha.

Emi sente que pode ter outro episódio de asfixia agora. Em sua mente rodopiam as fotos das revistas, a mãe de Suiroshi falando que Suyen era uma pessoa ruim, que nunca tinha feito seu filho feliz. Que Emi não ficasse chateada, mas ela não iria mentir, falando que não haviam sido namorados no passado. Não fazia mais diferença. Era passado.

Agora vê Suiroshi chorando na sua frente por algo muito mais sério do que um namoro. Será que é passado? Suiroshi chora por seu amigo morto? Ou pela assassina? Ela estará no passado mesmo? Ele foi o ator, mas é ela a personagem de toda ação!

— Eu sou só a Emi Lins da Mooca, sem nada de especial a não ser o anel do Sasori. Sou só isso aqui. Você vai conseguir me amar por muito tempo? Depois de ter ficado com alguém tão espetacular?

— Emi Lins! Você não sabe que é a mulher mais fabulosa desse mundo? Do meu mundo você é a única. Eu nunca tinha amado ninguém até você chegar!

Afastando-o com delicadeza, mas de forma decidida, Emi se levanta e se distancia alguns passos. O som do jazz chega límpido na imensa varanda deserta enquanto todos estão lá dentro para serem servidos do bolo artístico de vários andares, mais um item grandioso dessa festa grandiosa. Ela se lembra de Suiroshi contando a todos no almoço em sua casa sobre sua amizade com esse amigo tão especial, essa pessoa incrível, Ken Hayashi. Ele não mencionou que ele era falecido, muito menos em situação tão trágica. É absurdo.

Suiroshi fica em pé e a vê na sua frente. Tão frágil. Ele está impotente. Alguém agrediu essa garota. Ela teve uma crise de pânico quando se sentiu vulnerável de novo. Sua crise foi suplantada por um pateta inofensivo. Ela se entregou. E depois descobriu que o pateta inofensivo quase agredira uma mulher e causara uma morte. E, nas palavras dela mesma, isso acontecera porque a relação ficara intensa demais. Como não ter ciúme do passado se tudo acabou de acontecer, e eles mal tiveram tempo para se curar das feridas?

Mais uma vez a sensação de estarem indo rápido demais.

— Nem em mil anos vamos consertar o passado, Emi.

Ela se volta para ele e o encara, muito séria.

— Não. Nem em mil anos. Só precisamos descobrir o quanto ele pode ser importante.

— Ou o quanto podemos deixar que ele fique desbotado, longe, e por fim se apague.

Emi se atira contra ele e o abraça pela cintura, escondendo o rosto em seu peito.

— E eu nem te contei o que todo mundo já sabe, só você que não. Mas hoje não dá. Eu preciso respirar. A gente se vê outra hora. Pode ser? Estou tão cansada.

O que mais...?

Ele tem um calafrio. É verdade, ela não falou o que queria falar. A sombra no olhar dos pais e das amigas... Ele que começou com esses assuntos passados que nem precisavam ter sido lembrados, e ela não falou o que era preciso!

Parabéns, Suiroshi, seu palerma!

— De jeito nenhum, moça. Que história é essa de me deixar aqui, sem saber por que seus pais e suas amigas estão com aquela nuvem preta pairando sobre a cabeça?!

O garçom lhes traz bolo e champanhe, e, antes que possam provar ou deixar sobre uma mesa, são ofuscados pelos flashes dos fotógrafos, os noivos irrompem com uma porção de convidados solteiros fazendo algazarra. Tiram várias fotos. A noiva faz diversas poses com Emi, e, antes de desaparecer da varanda de forma tão ruidosa quanto surgiu, ela lhe diz ao ouvido:

— Nunca deixe meu irmão. Eu não aceito que estrague as lembranças do meu álbum!

— Cíntia!

Ela ri da própria petulância e se vai, e em segundos Suiroshi e Emi se olham desolados, com seus pedaços de bolo, na varanda.

— Pode começar a falar já. — Suiroshi a desafia, depositando seus pratinhos sobre a mesa, ao lado da champanhe intocada. — Essa interrupção não muda em nada nosso compromisso com a verdade.

— Senta ali.

Emi lhe mostra um balanço, no gramado, sob a árvore que lança seus galhos floridos em amarelo por sobre o telhado da varanda. Os sons da festa ainda chegam indistintos até eles, alguns convidados já começam a partir, dirigindo-se ao estacionamento. Suiroshi se senta, inclina o corpo para frente, apoia os cotovelos nos joelhos, enquanto Emi fica em pé na sua frente, a um passo. Ele não vê mais a aura dourada que às vezes a toma quando está feliz. Ela está com a sombra mais escura que ele já viu neste dia de gente sombria. Ela começa a falar rapidamente e Suiroshi demora a começar a ouvir.

Não consegue enxergar, em retrospectiva, nada que possa ter mudado tanto o que estão vivendo. É um mistério que se instalou entre eles nos últimos dois dias e ele estava tentando ignorar.

Emi faz um gesto vago, e enfim capta sua atenção:

— Meu corpo é um relógio — ela diz. — Não tenho nenhuma dúvida, apesar de todos ainda estarem só na desconfiança. Mas já tenho sintomas. Eu sei o que está acontecendo comigo...

Suiroshi tem um calafrio, uma onda de suor nervoso o cobre, suor acionado por carga emocional. Ele sabe que vai começar a feder nas axilas. Do que ela está falando? Sintomas? O que ela acabou de descobrir que mudou tudo o que estava tão perfeito? Ele por acaso caiu de paraquedas dentro de um desses romances que, quando o mocinho encontra o único amor possível em sua vida, ela vem com a cara mais deslavada e fala que está morrendo? Na próxima cena ela já está internada com aquele canudinho no nariz e a camisola que fica com a bunda de fora? O que ela está falando das amigas? Tem um zumbido em seus ouvidos.

Emi se distancia da realidade, a voz está longe.

— ... e eles me dão todo suporte. São meus pais, querem muito assumir daqui por diante. Por isso estou te liberando de qualquer compromisso ou responsabilidade.

— Quê? Eu não estou entendendo nada.

Ela chama sua atenção:

— Você não está me ouvindo, Suiroshi Takeda?

— Não, não estou. Não entendi nada. Seja mais clara. O que está acontecendo com você?

Emi está com lágrimas correndo livremente. Suiroshi tem mais uma sensação de medo, desta vez lhe espremendo o estômago. Quer muito abraçá-la, mas ela insiste em manter esse passo de distância.

— Nós nos cuidamos sempre. Você sempre tem preservativo, eu também. Nós não deixamos de usar. Nenhuma vez, mas...

Emi perde a voz. Suiroshi não fala nada. Agora começa a ficar muito preocupado. Que papo é este? O que ela tem pode ser contagioso? E como ela conseguiu não lhe dizer nada até agora? Foi por que não queria estragar o casamento da fedelha Takeda? O que quer que seja, será que ela só descobriu há dois dias, e já estragou tudo?

— Mas o quê, Emi? Explica logo, ou vou ter um treco! — Ele rasga quase em um grito, para ver se a arranca desse choro que o está apavorando.

Ele não pode dizer a si mesmo que já sabia que alguma coisa ia dar errado. Porque não sabia. Porque se jogou de cabeça desde o primeiro momento e não pensou em nenhuma espécie de plano B. Sua vida só vai até ali, onde Emi estiver.

O que é tudo isso? Ela está tentando lhe dizer que ele está livre para ir embora, porque tem alguma coisa muito grave acontecendo? Alguma coisa amarga toma sua boca, como se um inseto tivesse voado para dentro dela.

— Mas o quê, Emi?

Emi respira fundo, sustenta uma postura ereta.

— Mas na nossa primeira vez, você se lembra de ter usado camisinha?

— Na nossa primeira vez. Você teve a crise que parecia asma, eu fiquei procurando por uma bombinha... Mas depois, todas as vezes, nós usamos!

Ele fala quase como numa súplica.

— Mas não adiantava mais. Eu já estava grávida, Sushi — ela fala baixo.

Mesmo baixo, é muito claro, límpido.

E ele ouve perfeitamente.

Suiroshi sente uma descarga elétrica chacoalhar seu corpo inteiro. Se não estivesse sentado, teria caído. Sua boca se abre, mas não tem som. Emi se aproxima e ergue a mão, quase toca seu rosto, mas recua. Não consegue. Então fala numa torrente só, até o fim:

— Meu querido, eu estou falando muito sério contigo. Ia sair da sua vida para que você nunca fosse importunado. Mas meus pais não deixaram. Eles disseram que eu tinha que te deixar livre para poder conhecer a criança se um dia você tivesse interesse. Não é justo esconder isso de um pai biológico. Eles gostam tanto de você, meu japonês. Olha... eu não quero nada de você. Nem seu nome. Você está livre. Eu não sou esse tipo de mulher.

Que tipo de mulher?

— Que tipo de mulher?

— Que exige a paternidade de um homem. Ser pai não é dar dinheiro, não é dar nome. Ser pai é ser, para o resto da vida, alguém presente. E eu não vou roubar a sua vida. Eu não planejei destruir os seus planos nem te condenar a uma prisão perpétua. Mas não podia esconder, porque não vou interromper esse processo, jamais. Então... Se um dia você desejar, tem seus direitos. De seus deveres eu te desobrigo inteiramente — Emi fala sem dar pausa. Decidida. — Então estamos conversados. Adeus, Suiroshi. Aproveite muito a sua vida. Não tenha pressa.

Sim, tudo acontece muito rápido entre eles. Suiroshi está estático. Não fala nada. Emi aperta entre os dedos sua pequena bolsa de festa, daquelas que parece que não cabe nada dentro, saindo a passos apressados em seguida. Ele ensaia alguns passos na direção dela, as pernas bambas. Não a alcança. Ele apenas vê o Smart cor de laranja saindo numa nuvem de poeira de brita.

15

— Parece que você viu um fantasma. — A tarde ganha tons avermelhados quando Guilherme vem ao seu encontro na entrada do estacionamento poeirento, com o estojo do trompete na mão. — Todo mundo já foi embora. Todo mundo mesmo. Eu ajudei a desmontar os equipamentos de som, mas resolvi não voltar na van da banda. Agora só tem faxineiro lá.

— Eu estou a pé — plantado no mesmo lugar, Suiroshi fala, distraído.

— Merda. Eu estava tão tranquilo te vendo aqui. Esqueci que você nunca dirigiu carro normal, só de mão inglesa. Vou chamar um táxi. Você paga.

— Está bem, eu pago — Suiroshi prossegue absorto, respondendo monossílabos até que entram no táxi e Guilherme dá o endereço ao motorista. Então ele tira dinheiro da carteira e coloca na mão do amigo e se dirige ao taxista: — Antes me leva até a Mooca.

Fala o novo destino na Rua Juventus. Pede que vá rápido, que chegue antes do anoitecer. Mas fala de forma confusa, como se estivesse bêbado.

— Ah, merda...

Guilherme o sacode em um safanão amigável. Mas fala com rispidez:

— Eu bem que vi a Emi sair da festa chorando, indo embora sozinha. Seja o que for que você fez com ela, seu palerma, vai mesmo consertar hoje, e antes do anoitecer. Ou eu vou arregaçar a sua cara e te deixar igual ao Danzou!

Suiroshi não se defende, olha para fora um pouco, sem prestar atenção à paisagem que passa velozmente. Quando volta a encarar o amigo, fala muito sério:

— Todo mundo odeia o Danzou...

Só leva segundos para estarem rindo. E quando o carro para diante do prédio de Emi, Suiroshi salta como se uma mola o impulsionasse. Não se despede, e o amigo pede para o taxista partir.

Diante da porta da cobertura do edifício, Suiroshi é recebido por uma cara séria e desconfiada, um olhar aumentado pelos óculos fundo de garrafa.

— Escuta aqui, seu japa, eu não quero nem saber que tipo de besteira que você andou aprontando. Entra logo!

— Boa tarde, Gert.

Cabisbaixo, Suiroshi passa pelo Sr. Alemão, o vizinho cujo apartamento fica no décimo andar, acima do de Emi. O homem não fecha a porta e eles ficam em pé no hall. Suiroshi sabe que não é necessário explicar muito. Pela postura, o homem quer que ele seja breve. Emi fala bem dele, do quanto é adorável o vovô de Lorraine. Só se for adorável no mundo dos ogros. Então ele já se explica logo, para tudo não ficar mais complicado ainda:

— Emi e eu não brigamos, mas eu acho que não tive a reação certa quando ela me contou uma coisa. Então ela veio embora. E eu tenho que falar com ela *hoje*. E eu preciso bater direto na porta dela, sem ficar me anunciando ao porteiro, sabe? Não posso correr o risco de ela não querer me ver. Por isso eu vim aqui.

— Isso não é elegante.

— Você bate na porta dela sem ninguém te anunciar.

— Eu não sou elegante.

— Que bom que você sabe.

Gert meneia a cabeça.

— Mas *você* deveria ser.

Suiroshi só respira fundo, frustrado. Precisa desesperadamente ver Emi, e esse velho a empatar seu caminho, com tanta chatice. Neste momento, Gert tira do bolso da calça larga um par de palitos de prender o cabelo, de marfim finamente entalhado. Peças antigas, que um dia foram de alguma ancestral Takeda. Não parece nada certo estarem ali na mão de unhas encardidas do velho. Uma hora atrás, estavam nos cabelos de Emi, em seu penteado tradicional. Era o detalhe especial do traje, que sua mãe não usaria por ter os cabelos curtos e a noiva nada discreta preferiu alugar uma coroa cravejada de brilhantes.

Suiroshi imagina aquelas mãos grandes e rudes desfazendo os cabelos já despenteados de Emi. Sim, ele é uma espécie de avô, e não faz cerimônias, indo logo colocando aquelas mãos grandes nos cabelos dela!

Seus dedos tremem quando ele resgata os objetos de família e Gert ralha como se ele fosse criança:

— Não vai derrubar tudo. Isso é delicado!

Suiroshi o encara com espanto. Quem ele pensa que é? Após duzentos anos na família sem terem sido quebrados, é sinal de que um Takeda sabe como manusear esses raios de pauzinhos! Será possível que ele também vai virar neto de Gert e ficar debaixo de seus cuidados cheios de carinho grosseiro?

Gert lhe oferece um sorriso fugaz, ou talvez Suiroshi tenha imaginado aquela cara alemã se suavizar um pouco.

— Não vou te oferecer chá nenhum. Anda logo que ela está lá te esperando!

— Ela está...?

Sem muita paciência, Gert o enxota como faria com um gato teimoso e fecha a porta na sua cara.

Da cobertura de Gert, Suiroshi então desce ao nono andar com as pernas duras, joelhos dobrando como se ele fosse um boneco velho, quase se quebrando. *Gert também já sabe?* Respira fundo e bate à porta um monte de vezes, com os nós dos dedos, e espera sem fôlego até que ouve a chave rodando na fechadura.

Não consegue respirar. É sua vez de ter um ataque de pânico.

Emi abre a porta e lhe dá espaço para que entre. Está linda com os cabelos soltos e úmidos, nenhuma maquiagem, o perfume de banho como uma aura ao seu redor. E ela o esperava realmente, pois não está de toalha na cabeça e de roupão, jogada no sofá. Ela vem totalmente vestida, com um vestido comprido de malha justo, preto, evidenciando o corpo definido, a barriga reta e a cintura fina.

Suiroshi vai para dentro com as pernas duras, o pavor lhe agarrando a garganta e o estômago cheio de insetos. O silêncio não vai ajudar em nada. Ele não pode ficar esperando até que ela fale aquelas palavras horríveis de novo. E ele fala, rouco, em japonês, como pretende falar com ela até serem velhos e rabugentos como Gert:

— Onde você aprendeu a ser tão cruel?

Ela não responde. Como se alguma fraqueza a tomasse de repente, ela se recosta na parede, ali no hall, sem poder se mover também. *Ótimo*, pensa Suiroshi. *Ambos vamos ter um treco agora*. Fica cada um de um lado, o lustre moderno incidindo a luz amarelada sobre suas cabeças.

— Você não me ama, Emi? Não assim? Não com intensidade suficiente para me deixar ficar com você?

Ela não quer, ou não consegue responder. Ou é mesmo a hora de ele falar: ela já falou demais hoje.

— Eu só preciso saber se você me ama como disse que amava. Sou eu, olha, seu japonês. — Emi segura a respiração descompassada e o queixo treme. Suiroshi se encoraja. Ou não se encoraja, mas desembucha mesmo assim: — Eu quero me casar com você.

Emi fala com a voz desmanchada:

— É loucura, Suiroshi!

— Como assim, loucura? Por acaso passa pela sua cabeça não ficar comigo? Por acaso você achou que eu não ia te pedir em casamento hoje, na festa da minha irmã? Você achou que eu ia querer ficar assim, te namorando de sábado e domingo infinitamente? Cuidando da horta, esperando o dia de te encontrar? Não, senhora. Você... me jogou para fora da sua vida porque não quer um pai verdureiro para os seus filhos?

— Sushi, você enlouqueceu? — ela lhe pergunta, um pouco mais calma.

E agora é ele que está exaltado e tirando conclusões por ela. E as conclusões erradas.

— Não estou nada louco, minha cara. Você se apaixonou por um ator da TV, um comediante de Tóquio. Capa de revista e quem sabe o que mais. Aí você pensou que o encontrou pelo destino como num romance, e de repente ele é só um verdureiro da Aclimação que tem dor crônica. Eu não sou o bastante.

— Você não entendeu nada! — Emi responde com uma nota aguda na voz.

— Claro que eu entendi. Você se sente mal, porque acha que tudo aconteceu fora do tempo e ser pai vai atrapalhar a minha vida, os meus incríveis planos. Mas você vai ser mãe. Quer dizer que vai estragar a sua?

— Por Deus no céu, Suiroshi! Não! Eu... eu tomei um susto tão grande. Não esperava, mas na mesma hora... Eu sou a mulher mais feliz do mundo.

— E por que eu não posso ser o homem mais feliz do mundo também? Só a bonita quer ser feliz então? Olha aqui, madame, eu nunca... nunca vou sair de perto de vocês. Que vida você acha que eu ia querer, sem ser aqui? Tem lugar para dois e para três nesse apartamento. Depois a gente compra outro, sei lá. Mas eu vou buscar as minhas coisas, porque não vou mais embora. Parece que eu sabia... Nunca nem desfiz minhas malas. Vamos marcar logo essa data, igual casal de antigamente que não podia esperar, ou a barriga começava a aparecer!

Suiroshi dá uma risada, Emi também ri com seu tom dramático. Ele se aproxima devagar, abaixa-se na frente dela, e olha intrigado para sua barriga.

— De que tamanho a nossa criancinha está?

— Menor que um arroz.

— Mas é cru, ou é cozido?

E Suiroshi afunda o rosto no ventre de Emi, agarrando-a pelas pernas.

— Casa comigo, Emi?

— Antes da barriga aparecer? Sua família vai falir com mais uma festa dessa em tão pouco tempo! E eu quero uma festa de arromba! Vou ser uma noiva muito mais mimada que sua irmã.

Suiroshi a ergue nos braços e a leva até o sofá, recosta-a como se ela fosse de vidro e pudesse quebrar. Está decidido a deixar más notícias e más lembranças fora da pauta, hoje e sempre.

— Então... é sobre isso que quero te falar. Já que você não ligou a mínima pelo fato de seu marido ser um desempregado ajudante de horta... Eu não posso te enganar. Eu não sou um pobretão sem futuro. Eu enviei para o Brasil tudo o que ganhei durante esses anos na TV, em campanhas publicitárias. Foi uma boa carreira.

— Eu não me importo se você é pobre ou rico, Sushi. Somos jovens. Vamos construir uma vida. Mas ok, que alívio que engravidei de um homem lindo, gostoso *e rico*!

— E que te ama e morre por você.

— Prefiro que você *viva* por mim. Já demos o primeiro passo.

— Acho que o primeiro passo foi dado por nós.

Ele se debruça sobre Emi no sofá confortável, acaricia seus cabelos e deposita um suave beijo em sua testa.

— Suiroshi... Só não vá querer ficar me tratando como uma santa só porque sou a mãe de um Takeda. Porque eu estou quase louca para você me pegar daquele jeito que só você sabe!

— Hum... — murmura ele beijando-a intensamente. — Daquele jeito que engravida de primeira? Vem aqui!

Emi o abraça apertado enquanto ele tenta, todo desajeitado, tirar seu vestido e as próprias roupas.

Suiroshi tem lembranças que aceleram ainda mais seu coração, juntando-se à intensa paixão que o invade quando seu corpo é tocado pelo corpo quente de Emi. Vida e morte que ficaram para trás na despedida de Tóquio. Ken Hayashi e Suyen Okada, as tecnologias avançadas, os mundos paralelos virtuais... e as palavras do velho Hayashi, simplificando sua vida ao primordial.

Voltar ao Brasil é mesmo como voltar no tempo, voltar ao tempo em que a vida era maravilhosa.

Casar, ter filhos, honrar a família. De repente, ele se sente perdoado e sente que merece o seu destino. Assim, sua honra está restabelecida nos braços de sua menina com voz de sorriso e o anel de Sasori.

Para saber mais sobre os títulos e autores do GRUPO EDITORIAL COERÊNCIA, visite o site **WWW.EDITORACOERENCIA.COM.BR** e curta as nossas redes sociais.

Além de informações sobre os próximos lançamentos, você terá acesso a conteúdos exclusivos e poderá participar de sorteios, promoções e eventos.

@GRUPOEDITORIALCOERENCIA

FB.COM/GRUPOEDITORIALCOERENCIA/

RUA CORONEL LEME, 43 - CENTRO
BRAGANÇA PAULISTA - SP - 12.900-340

LILIAN@EDITORACOERENCIA.COM.BR

(11) 9.8020-0810

NÃO PERCA A OPORTUNIDADE DE REALIZAR O SONHO DE SE TORNAR UM ESCRITOR.
ENVIE SEU ORIGINAL PARA O NOSSO E-MAIL E

PUBLIQUE CONOSCO.

Grupo Editorial
coerência

Esta obra foi composta na fonte ITC Legacy Serif,
tamanho 11 pt, e impresso em papel pólen bold 80g/m².
São Paulo, novembro de 2021